CONTENTS

YASUSHI DATE

다테 야스시
그림 베니오

This is 주인공

친구 캐릭터는 어렵습니까?
Is it tough being "a friend"?
of course

CHARACTER

코바야시 이치로
'친구의 프로'를 자부하는 소년.

히노모리 류가
주인공 오브 주인공. 사실은 남장여자.

유키미야 시오리
학교의 아이돌 같은 존재.

아오가사키 레이
검의 달인인 쿨 뷰티.

엘미라 매카트니
빨간 머리의 요염한 소녀. 흡혈귀.

미온
'나락의 삼 공주' 중 한 사람.

주리
'나락의 삼 공주' 중 한 사람.

키키
'나락의 삼 공주' 중 한 사람.

도철
【마신】 중 한 사람. 별명은 '텟짱'.

혼돈
【마신】 중 한 사람. 현재 그릇은 이치로.

1 주인공의 친구

나는 코바야시 이치로. 고등학교 2학년.

내 이름만 봐도 알 수 있듯이 「어디에나 있는 고등학생」의 화신 같은 남자다.

특필할 만한 개성도 없고, 외모도 지극히 평범하고, 학력도 평범하게 중간에서 아래…… 이런 녀석을 뭐라고 부르는지 알아? 그래, 엑스트라 캐릭터다.

어떤 이야기에 등장하건 나는 조연 이상의 존재가 되지 못할 것이다. 하지만 조연이라고 해서, 이야기에 전혀 공헌하지 못하는 건 아니다. 메인 캐릭터와 엮이지 못하는 것도 아니다.

나는 예전부터 누군가를 돋보이게 하고, 빛나게 하고, 인기 있게 만드는 데서 삶의 보람을 느껴왔고, 그걸 위해서 「친구 캐릭터」라는 포지션을 고집해왔다.

더 자세히 설명하자면, 배틀물 애니메이션이나 라이트 노벨 등의 일상 파트에서 주인공과 노닥거리는 까불이 개그 캐릭터── '일반인'이다. 나는 거기서 내 인생의 활로를 찾아냈다.

그리고── 지금, 나는 말 그대로 친구 캐릭터 역할에 최선을 다하고 있었다.

"이치로. 가끔은 옥상에서 점심을 먹으면 어떨까?"

점심시간. 나는 같은 반 친구에게 그런 제안을 받았다.

여장이 어울릴 것 같은 중성적이고 단정한 얼굴. 고등학교 2학년 치고는 체격이 작지만 늘씬하고 날렵해 보이는 몸매. 그리고 뒤에서 하나로 묶은 유난히 긴 머리카락.

소년의 이름은 히노모리 류가.

다시 한번 말한다. 히노모리 류가다. 드래곤 팡이다.

이 사람이 내 인생을 걸고 지원해야 할 베스트 오브 주인공이다. 나도 지금까지 다양한 주인공들을 프로듀스 해왔지만, 이 녀석만큼 화려한 인물은 본 적이 없다. 「보통 사람이 아닙니다 오라」가 장난이 아니다.

류가는 분명히 어떤 이야기의 주인공이 틀림없다. 요즘에는 반짝반짝 네임*이라는 게 화제지만, 이름까지 활활 타오르는 녀석은 찾아볼 수가 없다.

나는 그런 히노모리 류가의 친구다. 친구 캐릭터로서 이만한 영예가 또 있을까?

"그래, 당연히 OK지 류가! 마침 나도 옥상에서 점심을 먹을까 했거든! 너랑 같이!"

바로 둘이서 교실을 나와 옥상으로 가는 계단을 올라갔다. 다행히 먼저 온 사람은 없어서 옥상은 우리가 전세 낸 상태가 됐다.

"아하하하. 바보구나, 이치로."

---

*카오스, 드래곤, 라이온 등등 인명의 상식을 벗어난 방법으로 읽는 이름.

"정말이라니까! 방귀를 뀌었더니 몸이 조금 떴어! 3cm 정도!"

류가를 상대로, 나는 시시한 토크를 이어갔다. 주인공의 일상에 안식과 엔터테인먼트를 제공한다…… 그것이 친구 캐릭터의 사명이니까.

"맞다 류가, 너한테 전해줄 말이 있었어. 우리 반 카와카미에 대해서."

"카와카미 양? 무슨 일 있어?"

고개를 살짝 갸웃거리는 류가를 보며 씩 웃어줬다. 그리고 바지 뒷주머니에서 미니 노트를 꺼내서는 팔락팔락 페이지를 넘겼다.

"잘 들어. 카와카미의 최신 스리 사이즈가 판명됐어. 위에서부터 82, 60, 87cm야."

"……"

"지난번에 조사했을 때보다 가슴이 3cm, 힙이 2cm 커졌어. 그야 그녀는 수영부니까 근육이 붙었을 가능성도 있지만. 어쨌든 서둘러서 확인해야 할 것 같아."

류가는 완전히 얼이 빠졌지만, 그러거나 말거나 나는 학식이 있는 사람이라도 되는 것처럼 계속 보고했다.

참고로 이건 딱히 내 취미가 아니다. 의무다. 학교에서 예쁘다고 하는 여자애들의 정보를 주인공에게 흘리는…… 이것도 친구 캐릭터의 사명이다.

"참고로 팬티는 흰색. 이건 지난번 조사와 일치해. 두 번뿐인 데이터라서 확실하진 않지만…… 마음속 한구석에라도 담아뒀으면 좋겠어. 꼭 필요한 때에 도움이 됐으면 좋겠어."

"저기, 이치로."

"왜 류가."

"그거, 어떤 때 도움이 되는 거야?"

"……이어서, 토야마의 팬티 말인데."

"계속하지 않아도 돼! 괜히 진지하게 들었어!"

화끈하게 딴죽을 맞았다. 역시 주인공이야, 딴죽 실력도 보통이 아니라니까.

이렇게 한심하다는 소리를 듣는 것도 친구 캐릭터의 역할이다. 큰일을 한 건 해낸 기분이다. 집에 가면 콜라로 한잔하자.

"카와카미 양이나 토야마 양 말고, 더 정보를 알고 싶은 사람이 있을 텐데? 눈앞에."

"…………."

"내 최신 스리 사이즈는 궁금하지 않아?"

여기서 한 가지, 아쉬운 소식이 있다.

이 이야기의 주인공 히노모리 류가는── 사실은 여자다. 사람들은 남자로 알고 있지만, 심지어 여자들한테 인기도 좋지만, 엄연한 여성이다. XX 염색체다.

나도 처음 그 사실을 알았을 때는 살짝 절망에 빠졌었다.

설마 여주인공이었을 줄이야…… 엉큼한 친구 캐릭터 따위는 필요 없었을 줄이야.

"저기 류가. 지금이라도 남자로 돌아가면 안 될까? 설정 변경 안 돼?"

"설정이 뭔데? 이제 그런 데이터 수집은 그만해! 여자애들한테 실례잖아! 나한테도 실례잖아!"

역시 딴죽은 화끈한데 말이야……

여자란 말이지…….

2 친구의 고뇌

내 이름은 코바야시 이치로. 고등학교 2학년.

스스로「친구 캐릭터」의 프로라고 칭하는 조연 전문가다.

나는 예전부터 내 몸과 마음을 바쳐서 지원해야 할「주인공 같은 존재」를 바라왔다. 그리고 고등학교에 입학했을 때, 마침내 주인공과 만날 수 있었다.

그것이 히노모리 류가다. 영어로 표현하자면 버닝 포레스트 드래곤 팡이다.

이름, 외모, 분위기…… 모든 면에서 임팩트가 있는 스타성이 가득한 인재…… 류가를 처음 봤을 때, 나는 심장을 꿰뚫린 것 같은 기분이었다. 코피가 나오는 줄 알았다.

'이 녀석은 분명히 어떤 이야기의 주인공이 틀림없어! 남몰래 괴물이랑 싸우는 게 틀림없다고! 고생이 많으십니다!'

그 뒤로 나는 틈만 나면 끈질기게 류가한테 접근했고——마침내 친구 캐릭터 포지션을 획득하는 데 성공했다.

네 학교 파트는 내가 잘 챙겨줄게. 엉큼하고 속 편한 캐릭터 행세를 하면서, 네가 상대적으로 돋보이게 해줄게. 필연성이 있다면 벗을 각오도 있어.

그렇게 각오했지만.

"이치로. 앞으로 둘만 있을 때는 다른 여자 얘기하지 마."

"뭐, 뭐라고?! 알고 싶지 않아? 여자애들 스리 사이즈랑 팬티 색이!"

"알고 싶지 않아! 왜냐하면 나, 여자잖아!"

한 가지 큰 문제가 발생했다.

사실 류가는 사정이 있어서 남자 행세 중인—— 여자였다.

우연히 그 비밀을 알게 되고, 내「친구 캐릭터」포지션에 먹구름이 감돌기 시작했다. 엉큼하고 속 편한 캐릭터가 여기까지 와서 도리어 문제가 돼버렸다.

'지금까지 류가한테 떠들어댔던 엉큼한 얘기들이 그냥 성희롱이었을 줄이야……'

하지만 포기하지 않는다. 류가 정도 주인공은 두 번 다시 못 만날 테니까.

설령 여주인공이라고 해도 친구 캐릭터는 필요하지 않겠어? 그게 남자 친구라도 괜찮을 테고. 남녀 사이에도 틀림없이 우성은 성립할 거야.

'무엇보다 학교에서는 아직 류가를 남자로 알고 있어. 내가 엮이는 건 주로 학교 파트니까, 그냥 지금 노선대로 가도 괜찮지 않을까?'

하지만. 그런 어설픈 기대와 다르게, 현실은 만만치 않았다.

"이치로. 이번 일요일에 어디 놀러 갈래?"

쉬는 시간. 둘이서 잡담하는 중에 류가가 그런 말을 말했다.

"그래, 당연히 OK지 류가! 마침 나도 일요일에 너한테 같이 놀자고 할까 했거든! 오락실이라도 갈까? 아니면 배팅 센터나?"

"음~ 그런 데 말고…… 좀 더 조용한 곳은 어때? 식물원 이라든지, 플라네타리움이라든지."

"그럼 남자답게 소고기덮밥이라도 먹으러 갈까!"

"멋진 카페 같은 데가 좋겠어. 아니면 디저트 가게도 괜 찮고. 역 근처에 케이크 뷔페가 새로 생겼다고 들었거든."

멋진 카페에 케이크 뷔페. 남자들끼리 갈 곳이 아니다.

"그, 그래, 낚시는 어때? 전철로 스스하마 역까지 가서, 바닷가에서 바다낚시 하자!"

"뭐~? 나…… 난, 미끼로 쓰는 벌레를 못 만지는데. 바 다에 갈 거면 모래사장에서 술래잡기하자."

류가가 지금, 엄청나게 여자다운 말을 했다.

틀림없다. 여자 버전 상태다. 학교에서는 남자로 있을 거라고 했으면서!

"류가. 우리는 건전한 남자 고등학생이야. 절대로 모래사 장에서 술래잡기해서는 안 되는 존재라고. 너도 알잖아?"

"남자 고등학생도 술래잡기 정도는 하잖아?"

"안 해! 굳이 한다면 학교 식당 야키소바 빵 살 때 정도야!"

"뷔페도 남자답지 않아?"

"그건 정통파 바이킹 뷔페 얘기고! 북유럽 무장 선단! 뿔 달린 투구를 쓰고, 중후한 체인 메일을 입은 아저씨!"

"요즘 휴대전화에 스팸 메일이 자주 오던데."

"그런 얘기 안 했어!"

소리를 질렀더니 반 친구들이 이상하다는 눈으로 날 쳐다봤다.

'젠장, 왜 푼수 역할인 내가 딴죽을 걸어야 하는 거냐고……'

쓸쓸한 얼굴로 탄식하는 나한테, 류가가 응석 부리는 목소리로 부탁했다.

"이번엔 내 부탁 들어줘. 기껏 데이트하는 거니까."

여기서 한 가지, 아쉬운 소식이 있다.

이 이야기의 여주인공 히노모리 류가는── 어째선지 나한테 반했다. 단순한 친구 캐릭터인, 엉큼하고 속 편하고 까불대는, 이 코바야시 이치로한테.

매일 같이 어울리는 게 당연한 일처럼 돼버렸던 게 문제인지도 모른다. 게다가 「여자」 모습을 보여줄 수 있는 이성이 나뿐이라는 점도 큰 문제가 됐을지도.

'포기 못 해. 언젠가 반드시 친구 캐릭터로 돌아가겠어!'

아직 돌아갈 길은 있을 거야. 남녀 사이에도, 틀림없이 우정은 성립할 테니까…… 그런 어렴풋한 기대에 매달리면서.

나는 케이크 뷔페에 가겠다고, 어쩔 수 없이 승낙했다.

of course

Is it tough being "a friend"?

3 비밀

내 친구 히노모리 류가는 비밀이 많은 인물이다.

주위의 눈길을 끄는 수려한 외모에 어딘가 세상과 동떨어진 분위기. 고등학생이 되기 전에는 중국의 비경에서 살았다고 하는 엄청나게 신경 쓰이는 과거…… 친구 캐릭터를 지망하는 내 가슴을 쿵, 하고 자극한 것도 당연한 일이었다.

하지만 그만한 주인공 요소를 지녔으면서도, 류가는 절대로 눈에 띄려고 하질 않았다. 반 친구들과도 거리를 두고, 적극적으로 엮이려고 하지를 않는다.

'뭐, 괜히 다른 애들과 교류하면 여자라는 걸 들킬 위험이 있으니까…… 나보다 유능한 친구 캐릭터가 나타나기라도 하면 그건 그것대로 곤란하고.'

역시 주인공인 만큼 그녀는 어쩔 수 없이 눈에 띌 때가 있다.

──어느 날 수업 중에 있었던 일이다.

영어 담당인 미네기시 선생님이 칠판에 따각따각 영어 문장을 적고 있는데, 창가 제일 뒷자리에 앉아 있던 류가가 갑자기 벌떡 일어났다. 유난히 무서운 얼굴로 창밖을 사납게 노려보며.

"뭐, 뭐냐 히노모리. 선생님이 스펠링이라도 틀렸냐?"

"……죄송합니다, 미네기시 선생님. 배가 아파서 그런데, 화장실에 다녀와도 될까요?"

"또 배가 아프냐? 얼마 전에도 그랬었는데."

"위장이 상당히 약해서요. 금방 돌아오겠습니다!"

그렇게 말하고 쏜살같이 교실에서 뛰쳐나가는 류가. 반 친구들은 물론이고 선생님도 얼빠진 표정을 지었다. 참고로 미네기시 선생님은 우리 2학년 B반 담임이기도 하다.

……류가가 수업 중에 빠져나가는 건 종종 있는 일이었다.

당연한 얘기지만 그녀는 정말로 화장실에 간 게 아니다. 주인공으로서 가야만 하는 이유가 있다.

"히노모리는 항상 배탈이라고 하네."

"그저께 고전 수업 때도 화장실에 갔는데…… 혹시 땡땡이 아냐?"

"그럴 녀석 같지는 않은데 말이야. 성적도 좋고."

소곤소곤 이야기하는 주위 사람들에게, 내가 선생님보다 먼저 「조용히 해」라고 말했다.

류가를 돕는 건 친구 캐릭터인 내가 할 일. 그 녀석이 반에서 이상하게 고립되는 일이 없게, 분위기를 잘 수습해야 하는 책임이 있다.

"그 절박한 얼굴, 너희도 봤잖아? 정말로 배가 아픈 거야. 한계였다고."

이런 말이 먹힐지 불안하기도 했지만, 그렇게 하는 수밖에 없다. 하다못해 「몸이 안 좋아서 보건실에 간다」라고 하면 좋았을 텐데…… 나중에 진언하도록 하자.

"자, 선생님, 수업 계속해주세요. 빨리 제게, 저희에게 영어를 가르쳐주세요! 모르셨을지도 모르겠지만, 저는 세끼 밥보다 영어를 더 좋아합니다!"

"그, 그랬냐 코바야시."

"예! 저는 매일매일 영어 생각만 하고 있습니다! 미국 영화도 더빙판으로는 안 봐요! 자막도 필요 없어요!"

"좋다. 그럼 이 문장을 해석해봐라."

"모르겠습니다!"

……그리고 시간이 지나.

수업이 끝나기 직전에 류가가 교실로 들어왔다.

"후우…… 생각보다 고생했네."

자리에 앉아서 한숨을 쉬는 류가를 보니 오른쪽 뺨에 살짝 베인 상처가 있었다. 교복도 조금 더러워졌고, 주먹에는 피까지 묻어 있었다.

아무리 봐도 화장실에서 열심히 힘을 쓴 모습이 아니다. 「고생했다」는 것도 응가 얘기가 아닌 게 명백하다.

쉬는 시간이 되자 바로 류가 자리로 가서 「수고했다」는 말을 해줬다.

그녀가 뭘 하고 왔는지, 난 알고 있으니까.

"또 사도가 나타난 건가. 요즘 출현 빈도가 꽤 늘었네."

"응. 사도가 하나뿐이라서 다행이었지, 여러 마리였으면 귀찮아질 뻔했어."

사도. 정식 명칭은 『나락의 사도』이며, 인류를 위협하는 이형의 군단으로, 이계에서 찾아온 무시무시한 침략자들이다.

놈들은 인간의 모습으로 변해서 교묘하게 사회에 섞여 있다. 그리고는 틈만 나면 사람들에게 이빨을 드러내고, 현대 과학으로는 설명할 수 없는 괴사건을 일으킨다.

짐승 같은 것에 물고기 같은 것에 벌레 같은 것까지, 사도의 모티프도 다양하다. 쉽게 믿을 수 없는 이야기겠지만, 나도 실제로 몇 번이나 봤다.

그런 이형의 괴물과 싸우는 존재가── 우리의 주인공 히노모리 류가다.

그렇다. 류가는 「배틀 스토리」의 주인공이었다. 그 몸에 위대한【용신】이 깃든, 무적의 이능력자였다. 어때, 대단하지?

'그래서 나는 더욱더, 류가의 친구 캐릭터로 있고 싶어. 아무리 이 녀석이 여자라고 해도, 이 포지션에서 물러날 생각은 없다고.'

싸움의 나날을 보내는 류가에게 한때의 안식과 엔터테인 먼트를 제공…… 그것이 바로 나, 코바야시 이치로의 사명. 이야기를 재미있게 만들기 위해서라면, 나는 사도에게 잡히는 것도 꺼리지 않는다. 필연성이 있다면 사도한테 먹혀서 죽을 각오도 돼 있다.

"걱정 마 이치로. 어떤 적이 와도 난 지지 않으니까. 반드시 모두를 지킬 테니까."

믿음직하게 말한 류가는 그야말로 주인공의 귀감이었다.

지금 그 대사, 다른 사람들한테 들려주지 못하는 게 아쉽다.

왜냐하면 이 녀석, 응가하고 온 거로 돼 있으니까…….

4 옷 갈아입기

이 이야기는 히노모리 류가가 주인공인 「이능 배틀 스토리」다.

류가는 사람들 몰래 인류를 위협하는 이형의 군단 『나락의 사도』와 싸우고 있다. 그런 주인공을 일상 파트에서 유쾌하게 지원해주는 것이 친구 캐릭터인 바로 나, 코바야시 이치로의 사명이다.

이 세계는 히노모리 류가 이야기의 무대.

세상 모든 것은 류가를 위해 존재하고, 모두가 그 등장인물 중 한 사람이다.

나는 그렇게 인식하고 있지만, 당연히 그건 나 혼자만의 이야기다. 다른 사람들에게는 이 세상이 틀림없는 현실……그래서 종종 생각지도 못한 사태를 겪기도 한다.

……그중에서도 가장 큰 이레귤러는 히노모리 류가가 여자라는 사실이겠지.

주인공이어야 할 류가는, 사실은 남장한 여자애였다──그 사실을 알게 된 것이, 내 친구 캐릭터라는 입장이 틀어지게 된 계기였다.

'어째서 류가가 여자냐고…… 왜 그런 데서 설정을 비트는 건데…….'

게다가 거기에, 또 다른 이레귤러가 추가됐다.

세상에, 여자였던 류가가 나한테 호의를 품고 말았다. 게다가 귀찮은 부탁까지 받고 말았다.

——언젠가 『나락의 사도』와의 싸움이 끝나고 완전히 여자로 돌아갔을 때를 위해, 연인 수행을 해두고 싶다. 그 상대가 돼줬으면 싶다—— 하는.

'난 지금까지 계속 엉큼하고 속 편해 보이는 캐릭터를 연기했는데, 그런 내가 주인공의 유사 연인 노릇을 어떻게 하냐고. 독자들의 항의를 담당할 자신이 없단 말이야.'

하지만 우는소리 해봤자 소용이 없다. 아무리 탄식해봐야 류가한테 고추가 생기는 건 아니니까.

성별이 어쨌거나 저쨌거나, 난 그녀를 지원해줄 뿐. 언젠가 연인 포지션을 반납하고 원래의 친구 캐릭터로 돌아가기 위해서라도.

"——저기, 히노모리. 너, 오늘도 체육은 견학할 거야?"

그날 쉬는 시간. 같은 반 사토가 류가에게 그런 말을 했다.

4교시는 체육 수업이다. 교실에서는 남학생들이 여기저기서 옷을 갈아입기 시작했다. 사토도 이미 체육복 차림이다.

……남자인 척하면서 학교생활을 보내고 있는 류가는 매일매일 여기저기서 어려운 상황에 부닥치고 있다. 그 대표적인 사례가 일주일에 두 번 있는 체육 수업이다. 역시 오늘도 한 마디 나왔다.

"너 지금까지 한 번도 체육 시간에 나온 적 없잖아. 그렇게 몸이 안 좋아?"

"으, 응. 계속 통원 치료받는 중이고, 의사 선생님도 운동은 피하라고 하셨거든."

"흐음. 그럼 수영도 안 되는 거야? 여름에는 수영 수업도 있는데."

"무리야, 무리! 절대로 무리!"

류가가 엄청난 기세로 고개를 젓고 있다. 뒤로 묶은 긴 머리카락이 채찍처럼 슝슝 흔들린다.

그야 당연하지. 지금도 반라의 남자들에게 둘러싸인 탓에 엄청나게 거북해 보이잖아.

수영복으로 갈아입으려면 홀딱 벗는 사람도 생기겠지. 짓궂은 마음으로 자기 하반신을 과시하는 녀석도 있을 테고. 남고생이란 그런 생물이다.

'류가한테 그런 꼴을 겪게 할 수는 없지. 아무리 평소에 『나락의 사도』를 상대하면서 끔찍한 걸 보는 데 익숙해져 있다고 해도.'

류가의 사정은 알지도 못하는 사토가 무심하게 자기 할 말을 계속했다.

"근력운동이라도 좀 하는 게 좋지 않아? 히노모리, 잠깐 벗어봐."

"무리야, 무리! 절대로 무리!"

"어이쿠, 종 울리기 전에 화장실 가야겠네…… 나랑 같이 갈래?"

"무리야, 무리! 절대로 무리!"

계속 고개를 저어대는 류가. 아까부터 긴 뒷머리가 옆에 있는 내 얼굴을 찰싹찰싹 때리고 있다.

그러는 사이에 종 울리기 3분 전이 됐고, 사토는 다른 애들과 함께 교실 밖으로 나갔다.

나가면서 누군가가 "히노모리 앞에서 옷을 벗으면 왠지 가슴이 두근거린다니까…… 내가 이상한 건가"라는 말을 했다. 괜찮아, 넌 이상하지 않아.

"하아. 체육 시간이면 항상 우울하다니까."

교실에 나 하나만 남았을 때, 류가 책상에 팔꿈치를 얹고 턱을 괴면서 투덜거렸다. 다리도 약간 오므리고 있다.

"남자들은 하나같이 창피한 걸 모른다니까. 야한 얘기도 아무렇지 않게 하고……."

"뭐, 남자 중고생들은 원래 그런 거야. 사토도 나쁜 마음이 있는 건 아니고, 오히려 네가 남자라는 걸 의심하지 않아서 그런 거니까 용서해줘."

"응, 그래. 그런데 이치로는 옷 안 갈아입어도 돼? 종 울릴 때가 다 됐는데?"

"아, 이런."

바로 교복을 벗고 팬티 바람이 된 순간.

"눈앞에서 벗지 마!"

바로 류가의 뒷머리가 슝, 하고 선회해서 내 얼굴을 때렸다. 그거, 대체 어떻게 써먹는 겁니까!

"다른 애들도 벗었잖아! 나 하나쯤 더 벗는 게 뭐 어때서!"

"이치로는 안 돼! 다른 사람이랑은 두근두근이 전혀 다르다고!"

조금 부조리하다는 생각도 들었지만, 얌전히 사과하기로 했다.

이 세상은 전부 주인공을 위해 존재하는 거니까.

of course

Is it tough being "a friend"?

5 학교의 아이돌

　내가 다니는 현립 오메이 고등학교에는 유명한 사람이 몇 명 있다.

　그중에는 우리 학교 남학생이라면 모르는 사람이 없을, 소위 말하는 「학교의 아이돌 같은 존재」도 있다.

　바로 2학년 C반의 유키미야 시오리다.

　성적 우수, 용모 수려, 정숙하고 청순한 데다 세계적인 대기업 유키미야 그룹 회장의 따님.

　그야말로 전형적인 히로인 캐릭터다. 내 조사에 의하면 남학생 다섯 명 중 한 명이 유키미야 시오리에게 반해 있다.

　'어디까지나 대략적인 계산이지만, 숫자로 따지면 약 70명이나 되는 사람이 유키미야에게 반했다는 뜻이야. 유키미야의 가슴이 조신하지 않았다면 세 자리 숫자까지 올라갔을지도 모르겠어.'

　그런 유키미야 시오리에게는 한 가지 소문이 따라다니고 있다.

　어쩌면 사귀는 남자가 있는 게 아닐까── 그런 스캔들 같은 소문이.

　그건 어떤 의미에서는 「정답」이고, 어떤 의미에서는 「땡」이라고 할 수 있다. 한마디로 남자 친구는 없지만, 상당히 마음을 두고 있는 상대는 있다…… 그런 뜻이다.

그리고 그건 나한테 꽤 골치가 아픈 문제이기도 했다.

"──히노모리 군. 지난번 쇼핑할 때 같이 가줘서 정말 고마웠어요."

어느 날 쉬는 시간. 나와 류가가 평소처럼 시시한 잡담을 하고 있는데 유키미야가 교실로 와서 류가한테 말을 걸었다.

오늘도 긴 황갈색 머리카락이 아름답다. 피부는 투명할 정도로 하얗고, 웃는 얼굴은 천사처럼 밝아 보인다. 고맙다는 인사를 할 때 허리 각도가 딱 45도였다.

당연한 얘기지만 우리 반 애들의 시선이 일제히 이쪽으로 향했다. 학교의 아이돌이 왜 굳이 옆 반까지 출장을 왔을까…… 그런 눈빛이다.

하지만 이건 딱히 오늘 처음 일어난 일도 아니다.

유키미야는 종종 이렇게 류가를 만나러 오곤 했다. 반에서 조금 동떨어진, 나 말고는 친구도 없는 비밀이 많은 소년을.

"뭘 그런 걸 가지고. 나도 오랜만에 여러 가게를 다니면서 정말 즐거웠어. 카페에서 먹었던 초콜릿 파르페도 맛있었고."

"후후. 히노모리 군, 볼에 크림이 묻어 있었죠. 꼭 어린애 같았다니까요?"

즐겁게 그런 이야기를 나누는 두 사람. 저 유키미야 시오리와 이렇게 친근하게 토크를 할 수 있는 존재가 이 학교에 과연 얼마나 될까.

"또 같이 가도 될까요? 이번에는 히노모리 군의 쇼핑에 동행하게 해주세요."

"그래. 또 서로 시간이 나면 같이 가볼까."

상쾌하게 미소를 지으며, 태연하게 데이트 약속을 잡는 류가.

남자 몇 명이 눈에 핏발을 세우고 이쪽을 노려보고 있는 게 보인다. 그리고 여자 중에도 똑같은 눈빛인 사람이 몇 명 있고. 류가도 외모는 상당히 괜찮아서 그럭저럭 인기가 있다.

'왠지 내가 방해되는 것 같은데.'

그렇게 생각한 나는 두 사람에게 "화장실 갔다 올게"라는 말을 남기고 교실에서 이탈했다.

……주인공의 이야기에 미소녀는 빼놓을 수 없다. 히노모리 류가와 유키미야 시오리가 어느 정도 이상의 관계가 되는 건 필연이라고 해도 되겠지.

나 같은 친구 캐릭터가 있으면, 유키미야 같은 히로인 후보도 있다…… 여러 캐릭터가 있어야 스토리가 충실해지는 법이다.

'단, 문제는 류가가 여자라는 점이지만.'

당연한 얘기지만 유키미야도 류가가 여자라는 걸 모른다. 「나한테 아무 반응도 안 보이는데, 혹시 그쪽 취향인 사람이려나?」──하고 생각하고 있지 않을까 추정된다.

만약에 류가가 남자였다면 얼마나 좋았을까. 나도 부담 없이, 눈에 핏발을 세우고 류가를 질투할 수 있었을 텐데. 그게 너무나 유감이었다.

'게다가 류가가 여자인 덕분에 더 큰 폐해가 발생해버렸고……'

화장실에서 볼일을 보고 시간을 보내려는 것처럼 느릿느릿 교실로 돌아오던 나는 우리 반 교실에서 나온 유키미야와 복도에서 딱 마주쳤다. 이런, 벌써 얘기 다 끝났나.

"아, 코바야시 씨. 마침 잘됐네요. 드릴 말씀이 있거든요."

내 소매를 잡고 복도 창가까지 데려가서 귀엣말하는 유키미야.

류가와 얘기할 때보다 훨씬 거리가 가까웠다.

"실은 이번에 사교 파티에서 피아노를 연주하게 됐는데…… 어떤 곡이 좋을지 코바야시 씨의 의견을 여쭙고 싶어요."

그 폐해가 이거다.

예전에 내가 실수로 유키미야의 상담을 들어준 탓에 그녀의 「전속 어드바이저」로 임명되고 말았다. 사실은 류가보다 유키미야와 더 자주 만나고 있다.

"그래요. 코바야시 씨도 같이 파티에 가시겠어요? 제 집사로——"

유키미야가 무시무시한 말을 꺼낸 순간, 류가가 교실에서 뛰쳐나왔다.

"시오리! 사도의 기척이야! 같이 가자!"

"예? 아, 예! 물론이죠! 지원은 맡겨주세요!"

그대로 뒤도 돌아보지 않고 순식간에 사라져버린 류가와 유키미야. 참고로 사도란 인류를 위협하는 이형의 군단, 『나락의 사도』를 말한다.

그렇다. 유키미야 시오리는—— 류가와 함께 싸우는 동료 캐릭터이기도 했다.

나는 주인공은 물론이고 그런 유키미야와도 플래그를 세워버리고 말았다.

이게 대체 어떻게 된 일인지…… 누가 내 「전속 어드바이저」가 돼주면 좋겠다.

6 여검사

나 코바야시 이치로가 다니는 현립 오메이 고등학교에는 소위 불량배라고 하는 학생이 단 한 명도 없다.

쌈박질을 하거나 담배를 피거나 훔친 오토바이로 자유를 찾아 달린다든지…… 예전에는 그런 문제를 일으키는 사람도 있었지만, 모조리 갱생시켰다.

어떤 여학생이.

그게 바로 3학년 A반의 아오가사키 레이다.

그녀는 검술 도장 딸답게 검의 달인이다. 늠름하고 의젓하며 미인인 데다, 항상 목도를 가지고 다닌다. 실질강건, 근엄 성실…… 그야말로 무사도의 화신 같은 사람이다.

'그래서 아오가사키 선배는 어중간한 사람을 용서하지 않아. 한마디로 우리 학교에 불량배는 없어도 보스는 있다는 뜻이다. 『나락의 사도』조차도 때리고 다니는 무쌍의 보스가.'

어느 날 점심시간.

오늘도 옥상에서 점심을 먹을까 하고, 내가 류가에게 말을 걸려던 순간.

"야, 옥상에서 싸움 났다! 축구부 후쿠야마랑 럭비부 나가이가 맞짱 뜬대!"

갑자기 복도에서 그런 소리가 들려왔다.

이 학교에서는 보기 힘든 싸움이 발생한 것 같다. 게다가 하필이면 옥상에서.

"어쩔 거야 류가? 싸움 말리러 갈까? 넌 눈에 띄기 싫을 테니까, 내가 대신 말릴게."

이래 보여도 내가 힘에는 그럭저럭 자신이 있다. 중학교 시절에는 불량배 와타나베 군의 친구 캐릭터를 맡아 와타나베 군을 보스로 만들기 위해서 암약했던 실적도 있다.

하지만, 전투력을 대놓고 보여주는 건 사양하고 싶다. 내가 쌓아 올린 「엉큼하고 속 편하고 까불대는」 캐릭터 이미지를 망치게 되니까.

'혹시나 싸움을 말리게 되더라도 코미컬한 방법을 써야 해. 양쪽이 휘두른 주먹을 동시에 얼굴로 받아낸다든지…… 그게 제일이려나.'

내가 마음속으로 그런 계산을 하고 있었지만, 류가는 어깨를 살짝 으쓱거릴 뿐이었다.

"우리가 말리지 않아도, 아마 그 사람이 말리지 않을까."

"그 사람? 혹시 아오가사키 선배 말이야?"

"그래. 확인하러 가볼래?"

그렇게 해서, 우리는 뒤늦게나마 옥상에 가기로 했다.

하지만 도착하기도 전에 싸움이 끝났다는 얘기를 듣고 말았다.

구경하러 몰려갔던 학생들이 저 앞쪽 복도에서 줄줄이 돌아오고 있었다. 하나같이 "역시 대단하네 아오가사키 선배",

"처음 봤어. 검풍으로 회오리바람을 일으키는 사람", "그 사람은 역시 전국시대에 태어나야 했어……" 같은 말을 하고 있었다.

……옥상에 가봤더니. 예상대로 후쿠야마와 나가이가 나란히 무릎을 꿇고 있었다.

두 사람 앞에는 목도를 든 여검사가 당당하게 서 있고.

허리까지 내려오는 포니테일. 모델처럼 늘씬하고 큰 키. 교복을 한 점의 흐트러짐도 없이 깔끔하게 입고 있는데도 이상하게 스타일리시하게 보이는 저 자세.

무엇보다 특필할 점은 남자라면 누구나 눈을 사로잡힐 게 틀림없는, 아마도 우리 학교에서 제일가는 가슴 사이즈…… 목도를 휘두를 때 거치적거리는 건 아닐까 걱정이 될 정도의 거유.

그렇다. 이 사람이 바로 아오가사키 레이 선배. 남자한테도 여자한테도 인기가 있는, 우리 학교의 보스다.

"후쿠야마, 나가이. 너희는 축구, 럭비라는 팀 스포츠를 하고 있지."

아오가사키 선배의 말에 "……예"라고 대답하는 후쿠야마와 나가이. 완전히 전의를 상실했다.

"너희는 부의 간판을 짊어지고 있다. 너희의 경거망동한 행동이 부 전체에 누를 끼칠 수도 있다. 너희가 다치기라도 하면 그 또한 부에 크나큰 손실이——"

긴 잔소리가 간신히 끝나고 후쿠야마와 나가이가 터덜

터덜 걸어간 뒤에, 옥상에 남은 사람은 우리뿐이었다.

"레이 선배, 오늘은 유난히 설교가 길었네."

류가가 씁쓸하게 웃으면서 그렇게 말했더니 아오가사키 선배도 씁쓸한 웃음으로 대답했다. 목도로 자기 어깨를 톡톡 두드리면서.

"저 두 녀석은 유독 혈기가 왕성하기로 유명한 것 같으니까. 확실하게 다짐을 받아 놓았지. ……그런데 류가. 듣자 하니 바로 어제 시오리와 같이 『나락의 사도』를 쓰러트리러 갔다는 것 같던데. 나한테도 한 마디 해주지 그랬나."

"아하하, 미안. 피라미 한 마리뿐인데, 굳이 레이 선배를 부를 필요는 없겠지 싶어서."

대화 내용을 통해서 알 수 있듯이, 아오가사키 레이도 유키미야 시오리와 마찬가지로—— 류가와 같이 싸우는 이능력자다. 단순한 불량배나 운동부원이 당해낼 리가 없다.

"그리고 코바야시. 넌 아무 문제도 안 일으켰겠지?"

갑자기 내 얘기가 나오자 당황해서 "다, 당연하죠"라고 대답했다.

사실 나는 이 사람의 설교를 가장 많이 듣고 있는 존재다. 예전에 아오가사키 선배가 옷 갈아입는 걸 엿봤을 때는 하마터면 저승 명부에 이름이 적힐 뻔했었다.

"그런가. 그럼 됐다. 하는 김에 하나 더 묻자. 오늘 내 리본은 어떤가?"

"네? 음…… 아주 잘 어울리는 게 아닐까요."

그렇게 말했더니 아오가사키 선배가 만족스럽게 고개를 끄덕였다. 아주 의기양양한 얼굴이었다.

"코바야시가 그렇게 말한다면 틀림없겠지. 교칙에 어긋나지 않는 범위 안에서 자기표현—— 진정한 패션 센스란 그런 부분에서 드러나는 법이니까."

……아오가사키 선배는 그 캐릭터에 어울리지 않게 상당히 패션에 민감하다. 나는 우연히 그걸 알게 돼버렸고, 그 뒤로 「전속 코디네이터」로 임명됐다.

설마 학교의 멋쟁이 보스한테 찍히게 될 줄이야…… 지지리도 운이 없다니까.

7 뱀파이어

이 이야기는 히노모리 류가가 주인공인 「배틀 스토리」다.

이런 장르에는 의문의 전학생이라는 존재가 필수 요소다.

적일 수도 있고 같은 편일 수도 있고 또는 제3세력일 수도 있고…… 어쨌거나 전학생은 보통 사람이 아닌 게 정석. 그리고 당연히 이 이야기에도 「그런 캐릭터」가 있다.

바로 엘미라 매카트니다.

우리 2학년 B반으로 전학 온 동유럽 출신 외국인.

변덕쟁이에 짓궂은 성격인, 소위 말하는 소악마 캐릭터다.

그녀 역시 엄청난 미소녀라서 이미 학교 안에 사설 팬클럽까지 생겼다. 유키미야 시오리, 아오가사키 레이와 함께 「오메이 고등학교의 삼대 미소녀」라고 불러도 되는 유명한 사람이다.

"──코바야시 이치로. 잠깐 시간을 내줄 수 있나요?"

점심시간. 내가 편의점에서 사 온 팥빵을 가방에서 꺼내던 순간이었다.

엘미라는 내가 대답하기도 전에 그대로 교실 밖으로 나가버렸다. 「따라와」라는 뜻이겠지.

'하아…… 기껏 류가랑 같이 점심 먹으려고 했더니.'

……어디로 가는지는 알고 있다. 체육관 뒤쪽. 거기는 일단 사람이 안 오는 곳이니까. 좀 뻔한 얘기지만, 밀회에는

안성맞춤이잖아.

"류가. 나 잠깐 화장실 갔다 올 테니까 먼저 먹고 있어."

"응, 알았어. 일찍 와야 해."

새색시 같은 대사를 하는 주인공의 배웅을 받으며, 나는 빠른 걸음으로 체육관 뒤쪽을 향해 걸어갔다. 이미 엘미라가 기다리고 있었다.

"늦었잖아요. 코바야시 이치로. 빨리 이리로 오세요. 그리고 교복 단추를 푸시고."

뻔뻔한 얼굴로 그렇게 말하면서 까딱까딱 손짓하는 엘미라.

오늘도 불타는 것처럼 새빨간 웨이브 헤어가 아름답다. 아무리 외국인이라도 고저스한 것도 정도가 있는 게 아닐까. 염색한 게 아니라서 선생님들도 아무 말 하지 않고 있다.

"우후후. 사람들 몰래 이런 행위를 하다니, 도저히 다른 분들께는 말씀드릴 수가 없겠죠."

엘미라가 가까이 다가와서 요염하게 웃고는, 내 목에 팔을 감았다.

……얼핏 보면 지금부터 야한 행위라도 시작할 것 같겠지. 하지만 아쉽게도 지금부터 시작하는 건 「식사」다. 런치다.

그렇다. 의문의 전학생 엘미라 매카트니의 정체는 흡혈귀다.

대낮에도 태연하게 활동할 수 있고 마늘이 잔뜩 들어간 만두도 잘만 먹는, 치사한 설정의 흡혈귀다.

"그럼 잘 먹겠습니다. 아~."

바로 엘미라가 내 목을 덥석 깨물었다. 직후, 그녀의 목이 꿀꺽꿀꺽 소리를 울린다. 내 피를 삼키기 시작했다.

'항상 그랬지만 정말 호쾌하게도 마시네…… 사양이라는 말을 모르는 건가.'

조금 지나, 내 눈앞이 깜박거리기 시작했다. 동시에 오싹오싹 한기가 들고 온몸에서 힘이 빠져나간다. 전형적인 빈혈 증상이다.

"저기…… 엘미라. 이만하면 됐잖아?"

"아직 모자라요."

"배부른 것보다 80% 정도 찬 게 좋다고 하던데?"

"이래 보여도 제가 많이 먹기로 유명해요. 많이 마시기 시합에서 져본 적이 없어요."

"무슨 술도 아니고!"

"당신의 헤모글로빈, 역시 최고예요. 그야말로 매일 먹고 싶을 만큼요. 아침, 점심, 저녁으로."

"무슨 알코올 중독자도 아니고! 아니, 헤모글로빈 중독인가!"

……엘미라 매카트니는 불을 다루는 이능력을 지닌 뱀파이어다.

그리고 그 에너지 공급원으로 혈액이 필요하다.

하지만 그녀는 류가에게 흡혈 행위를 금지당했다. 류가의 피만 빨기로 약속하는 대신 말이다. 한마디로 엘미라도 류가의 동료 캐릭터다.

그런데 왜 내가 몰래 피를 주고 있는지…… 엘미라의 말로는 「이상하게 맛있어서」라는데. 어쩌다 한번 빨아먹은 뒤로 완전히 중독돼버렸다.

그렇게 해서 나는 엘미라 매카트니의 「전속 도너」가 됐다.

단순한 친구 캐릭터인데. 가능한 메인 캐릭터랑 엮이고 싶지 않은데.

"후우…… 잘 먹었어요. 이걸로 오후 수업 때는 푹 잘 수 있겠군요."

"수업은…… 열심히 들어야지……."

땅바닥에 누운 채. 남은 힘을 짜내서 한마디 했다. 피를 너무 많이 잃어서 일어날 수도 없다.

'꾸물거리면 점심시간 끝나겠다…… 나도 빨리 팥빵으로 에너지를 보급해야…….'

간신히 일어나서 비틀거리면서 교실로 돌아갔더니.

먼저 교실에 와 있던 흡혈귀가 아무 일도 없었다는 것처럼 류가와 담소를 나누고 있었다.

"류가, 며칠 전에 시오리 양이랑 같이 『나락의 사도』를 쓰러트리러 갔다면서요? 레이 씨는 다른 학년이니 그렇다 쳐도, 어째서 같은 반인 저를 부르지 않았나요? 너무하는 군요."

"아하하, 미안해. 말하려고 했는데, 엘이 너무 푹 잠들어서 깨워도 일어나질 않았잖아."

엘미라가 "어머나, 정말 죄송하군요"라면서 어깨를 으쓱 거렸다. 점심으로 먹으려고 사 온 내 팥빵을 먹으면서.

밥은 밥대로 챙겨 먹는 건가. 정말 치사한 설정의 흡혈 귀다.

8 사신(四神) 히로인즈

히노모리 류가는『용신의 계승자』라는 별명을 가지고 있다.

그 용신이란【황룡】이라는 황금색 드래곤이다. 오래전에 대륙에서 일본으로 넘어온 용이 어느새 히노모리 가문이 수호신의 됐고, 현대의 류가한테까지 이어져 내려왔다.

류가는 그【황룡】의 힘을 빌려서『나락의 사도』와 싸우고 있다. 하지만 같은 숙명을 지닌 사람은 류가 혼자만이 아니다.

사신(신수)── 이라는 존재를 들어볼 적 있을까?【황룡】의 권속인, 하늘의 네 방위를 관장한다고 하는【백호】【청룡】【주작】【현무】라는 네 성수의 이름을.

류가 주위에는 그 사신을 수호신으로 둔 동료들이 있다. 「히노모리 류가의 이능 배틀 스토리」를 더 화려하게 만들어주는, 네 명의 미소녀가.

학교의 아이돌 같은 존재인『축명의 무녀』유키미야 시오리. 수호신은【백호】.

검의 달인인 쿨한 전통미인『참무의 검사』아오가사키 레이. 수호신은【청룡】.

심홍색 머리카락의 흡혈귀『상암의 혈족』엘미라 매카트니. 수호신은【주작】.

류가의 소꿉친구 권법가 『성벽의 수호자』 쿠로가메 리나. 수호신은 【현무】.

……그녀들은 원래 이야기의 히로인 후보였다. 네 명 중에 주인공 히노모리 류가의 연인 캐릭터가 되는 건 누구일까? 그게 이 이야기의 볼거리 중 하나여야 했다. 하지만…….

거기에 생각지도 못한 오산이 발생해버렸다. 어찌하다 보니 그녀들에게 류가가 아니라 바로 나, 코바야시 이치로의 플래그가 생겨버렸다. 【현무】쿠로가메만 빼고.

'정말이지, 어쩌다 이렇게 된 거야…….'

그날 점심시간. 마침 류가와 히로인즈가 전부 우리 반 교실에 모여 있었다.

지난번에 있었던 『나락의 사도』와의 배틀에 대한 반성회를 한다는 모양이다. 지금은 나도 관계자가 됐으니 내키지 않지만 참가하는 수밖에 없었다.

"아르마딜로형 사도였는데, 생긴 대로 정말 단단했었죠."

기억을 돌이켜보며, 먼저 유키미야가 그런 감상을 말했다.

황갈색의 긴 생머리에 청순한 모습…… 세계적인 대기업 그룹 회장 따님답게 품위가 느껴진다. 남학생 다섯 명중 한 명이 반할 만도 하지.

"음. 설마 내 검을 튕겨낼 줄이야. 나도 아직 수행이 부족하다."

이어서 아오가사키 선배가 자기 턱에 손을 대고서 신음했다.

허리까지 내려오는 포니테일에 눈빛이 날카롭고 키가
큰 미인…… 그녀는 멤버 중에 유일하게 3학년이며 사신
의 리더 격 존재이기도 하다. 남자보다 여자가 주는 러브
레터가 더 많다고 한다.

"제 불꽃이라면 간단히 처리했을 텐데요. 마음이 내키지
않아서 후방에서 쉬고 있었지만."

그렇게 말하면서 어깨를 으쓱대는 엘미라.

홍련의 웨이브 헤어가 인상적인 의문의 전학생 흡혈
귀…… 불꽃을 조종하는 이능력자로, 이능력의 에너지로
혈액이 필요하다. 보다시피 변덕쟁이 같은 성격이다.

"오늘 아침에 우리 집 개가 강아지를 다섯 마리나 낳았어!"

반성회 중인데 아무 상관도 없는 보고를 하는 쿠로가메.

류가의 소꿉친구답게 양 가족이 서로 알고 지내는 권법
도장 딸이며 타의 추종을 불허하는 마이페이스다. 지난번
배틀에도 늦잠을 자느라 제때 도착하지 못했다는 것 같다.

"그래도 쓰러트린 건 모두의 도움이 있었기 때문이야.
정말 고마워."

류가가 시원스레 미소를 짓자 히로인즈도 웃으며 고개
를 끄덕였다.

'히로인즈…… 지금 생각해보면, 과연 적절한 호칭일까.'

히노모리 류가가 여자인 이상, 류가야말로 메인 히로인
이 아닐까? 게다가 류가가 좋아하는 사람은── 바로 나다.
친구 캐릭터 코바야시 이치로다.

그 뒤로 당연하다는 것처럼 잡담이 시작됐고.

문득 유키미야가 나한테 귀엣말을 했다.

"코바야시 씨. 나중에 상담할 게 있는데…… 효과적으로 체력을 늘리는 방법이 있을까요?"

다른 사람들한테는 비밀이지만 나는 유키미야의 「전속 어드바이저」다. 그녀는 상담할 일이 있으면 어째선지 제일 먼저 나한테 부탁하고 있다.

조금 있다가, 이번에는 아오가사키 선배가 나한테 귀엣 말을 했다.

"코바야시. 나중에 할 말이 있다. 지난번에 산 블라우스에 어울리는 스커트에 대한 얘기다."

다른 사람들한테는 비밀이지만 나는 아오가사키 선배의 「전속 코디네이터」다. 어째선지 내 패션 센스를 인정해서 빈번하게 의견을 들으려고 한다.

또 조금 있다가 이번에는 엘미라가 귀엣말을 했다.

"코바야시 이치로. 나중에 시간을 내세요. 당신의 피를 빨고 싶으니까."

다른 사람들한테는 비밀이지만 나는 엘미라의 「전속 도너」다. 어째선지 내 피가 엄청나게 맛있다면서, 완전히 중독이 돼버렸다.

'난, 그냥 친구 캐릭터인데…….'

쓸쓸한 표정을 짓고 있는데. 결정타라도 되는 것처럼 류가 귀엣말을 했다.

"이치로. 오늘 같이 집에 가자. 공원에서 잠깐 데이트 어때?"

다른 사람들한테는 비밀이지만 나는 류가의 『세미 남친』이다. 평소에는 남자로 지내야 하기 때문인지, 류가는 그 울분을 풀려는 것처럼 틈만 나면 나랑 연인처럼 알콩달콩하고 싶어 한다.

과연 이 이야기를 수정할 수 있을까. 그게 너무나 걱정된다.

"강아지 이름이 말이야 포치, 페로, 무쿠, 코게, 이치로로 정했어!"

유일하게 플래그를 세우지 않은 쿠로가메 양이 천사처럼 보일 정도다.

……마지막 강아지 이름, 뭐라고 했지?

9 우리 집 마신

　내 이름은 코바야시 이치로.

　주인공적 존재인 히노모리 류가의 일상 파트를 책임지는 까불대는 친구 캐릭터다.

　여기서만 하는 얘긴데, 류가는 남몰래 『나락의 사도』라는 이형의 군단과 싸우고 있다. 이계에서 온 무시무시한 침략자들과.

　짐승 같은 것에 물고기 같은 것에 벌레 같은 것까지, 사도의 모티프도 다양하다. 놈들은 인간 모습으로 변해서 교묘하게 인간 사회에 섞여 있다. 그리고 오늘도 어디선가 현대 과학으로는 설명할 수 없는 괴사건을 일으키고 있다.

　참고로 『나락의 사도』들은 인간계에서 잠들어버린 그들의 왕 【마신】의 부활을 노리고 있다.

　그것을 저지하기 위해, 류가는 동료들과 힘을 합쳐서 격렬하고 뜨거운 배틀의 나날을 보내고 있다.

　'하지만 문제는 【마신】이 하나가 아니라는 점. 사흉(四凶)이라고 불리는 혼돈, 도철, 궁기, 도올…… 세상을 멸망시킬 정도의 전투력을 가진 위험한 놈들이 넷이나 있다는 점이다.'

　……아니, 그게 전부가 아니다. 더 심각한 문제가 있다.

　그 사흉 중 하나인 【마신】 도철은—— 바로 나, 코바야시 이치로한테 깃들어 있다.

아무래도 【마신】이라는 존재는 인간을 숙주로 삼아야만 부활할 수 있는 것 같다. 도철은 수백 년도 전부터 계속 코바야시 가문 사람에게 깃들어 있으면서 계속 부활할 때를 기다렸다고 한다.

'덕분에 나는 뭐가 뭔지 모를 캐릭터가 돼버렸어. 스타성이라고는 하나도 없는데, 안 그래도 여자였던 류가의 유사 연인이 돼버렸는데, 다른 히로인 후보들과 플래그까지 세워버렸는데, 더더욱 이야기의 중요 인물이 돼버렸다고.'

……아니, 그게 다가 아니다. 또 다른 심각한 문제가 있다.

"나리, 대전 게임이라도 같이 하시렵니까? 컴퓨터만 상대했더니 금세 질려서 말입니다."

그렇다. 나한테 깃들어 있던 도철은 【마신】으로서의 위엄이 하나도 없었다. 게다가 완전히 인간계에 순응해버려서 인류를 멸망시킬 생각도 없어져 버렸다.

게다가 숙주의 영향을 받아서 비주얼이 나랑 판박이. 즉, 개성이 전혀 없다. 이렇게까지 시시한 보스 캐릭터는 지금까지 본 적이 없다.

"미안하지만 나중에. 숙제 중이니까."

"아, 그리고 보니 일본사 숙제가 있었지요. 사이토 선생님, 참 엄하시죠."

이게 【마신】과의 대화라니, 참으로 한심할 따름이다.

나는 내 방 책상 앞에서 턱을 괴고 앉아, 한숨을 쉬면서 옆을 봤다. 거기서는 도철이 TV 앞에 앉아서 열심히 컨트롤러를 조작하고 있었다.

"저기 텟짱. 너 옛날에는 엄청나게 나쁜 놈이었지?"

"예. 아무래도【마신】이니까요. 성격이 칼처럼 뾰족했죠."

"그 시절로 돌아갈 생각은 없고?"

"그런 짓은 이제 졸업했습니다. 인간한테도 있지 않습니까? 나쁜 짓 하는 게 멋있어 보인다고 생각하는 시기가."

"사춘기 얘기가 아니잖아……."

"하지만【마신】의 주의는 옛날부터 변함이 없습니다요. 제 행동 이념은『하고 싶은 대로 한다』라서 말이죠. 지금은 그게 이 게임일 뿐이고…… 어이쿠, 다운당했잖아! 컴퓨터 주제에 건방지게!"

나랑 대화하던 것도 잊어버리고 게임에 몰두하는 도철. "결코 살려서 돌려보내지 않겠다!", "【마신】을 화나게 한 걸 후회하게 해주마!" 뭐, 대사 하나는 그럴듯한데…… 하는 짓이 격투 게임이잖아. 스트리트 솔저Ⅱ, 줄여서 스솔Ⅱ다.

'이런 왕을 보고 사도 여러분께서 무슨 생각을 하시려나.'

……아니, 그게 다가 아니다. 더 심각한 문제가 있다.

"그런데 나리. 다음엔 언제 가십니까요? 류가땅네 집에."

"…………."

"다음엔 저한테도 말할 기회를 주세요. 한 시간 정도 토크 타임? 여자 버전 류가땅을 만날 수 있는 건 집에 놀러 갈 때밖에 없지 않습니까."

그렇다. 『나락의 사도』의 왕인 【마신】 도철은 숙적이어야 할 히노모리 류가한테 반해버렸다.

이 녀석이 인간과의 공존을 바라는 건, 한마디로 말해서 류가한테 미움받기 싫어서다.

"저, 이번에야말로 류가땅한테 『텟짱』이라고 불러 달라고 할 겁니다! 그렇게만 해주면 죽어도 좋습니다요!"

이렇게 간단히 쓰러트릴 수 있는 【마신】은 아마 이 녀석밖에 없겠지. 정말 한심할 따름이다.

……아니, 그게 다가 아니다. 더 심각한 문제가 있다.

"으억, 또 졌네! 젠장, 너무 어렵잖아, 이 게임! 게임 가게 아저씨, 이런 걸 팔아먹다니!"

"게임 가게? 잠깐, 그거 내가 가지고 있는 스솔Ⅱ 아니었어?"

"이건 스솔Ⅲ입니다. Ⅱ는 질려서, 용돈으로 샀습죠."

그렇다. 이 녀석은 나랑 똑같이 생겼다는 점을 이용해서 멋대로 밖에 나가서 돌아다닌다.

덕분에 최근 들어 모르는 사람들이 나한테 말을 걸어댄다.

"지난번에 고마웠어!" 라든지 "또 같이 놀자 코바야시" 라든지 "코바야시, 너 왜 동아리 안 나오는 거야" 라든지 "지난번에 편의점 강도 체포에 협력해주셔서 정말 감사합니다" 라든지.

……누가 좀 데려가 주면 안 되나. 이 【마신】.

10 코스프레

"다녀오셨습니까, 주인님!"

친구인 히노모리 류가네 집에 갔더니 순수 전통 가옥 저택에 어울리지 않는 메이드 미소녀가 싱글싱글 웃는 얼굴로 날 맞이해줬다.

"잠시 기다려 주세요. 마실 걸 가져오겠습니다."

마찬가지로 순수 전통 스타일인 방으로 안내하더니 바로 마실 걸 가져다주는 메이드 아가씨. 전통 차가 나올 줄 알았더니 아이스 밀크였다.

……혹시나 해서 설명하자면, 이 메이드 아가씨는 히노모리 류가 본인이다.

이 이야기의 주인공인, 남몰래 이형들과 싸우고 있는, 몸에 수호신【황룡】이 깃든 이능력자다. 엄청 강하다.

"자 드세요. 정말 시원해요."

"그래. 고마워 류가."

잔을 든 순간, 류가가 "아!" 하고 뭔가 생각이 난 것처럼 내가 들고 있는 아이스 밀크 잔을 빼앗아갔다.

"잠깐만! 애정 주입을 깜박했다!"

"무, 무슨 주입……?"

"에헤헤, 미안해 이치로. 그럼 간다? 잘 봐."

그렇게 말하더니 류가가 벌떡 일어났다. 이어서 쟁반

위에 있는 잔을 내려다보며, 두 손을 가슴 앞으로 들어 올리고는 하트 모양을 만들었다. 그리고는——

"맛있어져~라. 맛있어져~라. 세상에서 제일 맛있는 우유가 돼~라."

치맛자락을 살랑살랑 흔들면서, 잠시 이상한 춤을 피로하는 우리의 주인공. 니삭스가 감싸고 있는 두 다리가 뿅뿅, 스텝을 밟았다.

"류가짱의 러브 에너지, 잔뜩잔뜩 넣어줄 거양! 에잇, 신위 해방!"

마지막에 잔을 향해 손 키스를 날리자 겨우 의식이 끝났다. 류가가 나를 보며 고개를 꾸벅 숙이고, 다시 방석 위에 앉았다.

"자, 마셔도 돼."

"그렇게. 목이 바짝 말랐거든."

——히노모리 류가는 남자로 사는 것을 강요당하고 있다.

히노모리 류가의 수호신【황룡】은 원래 남자가 이어받아야 한다. 그래서 여자밖에 태어나지 않았을 때는 후계자를 남자로 키우는 규정이 있다고 한다.

'그게 얼마나 힘든 일인지는 쉽게 상상할 수 있어. 류가가 여자로 돌아올 수 있는 건 집에 있을 때뿐이고.'

그런 류가의 스트레스를 푸는 방법이 이「코스튬 플레이」다.

메이드복, 간호사복, 치어걸에 바니걸. 이 녀석의 극비

콜렉션은 스무 벌이 넘는다. 나는 이 집에 올 때마다 그 코스프레 쇼에 어울려주고 있다.

그것은 류가가 여자라는 걸 알게 돼버린, 그리고 유사 연인이 돼버린 내 특권이자 의무다.

"이치로. 어때? 가슴이 두근두근했어?"

"그, 그래. 했어."

"고마워. 항상 이렇게 어울려줘서. 솔직히 난, 오직 이 순간을 위해서 살고 있거든."

제발 부탁이니까 이 세상을 지키기 위해서 살아줘.

'뭐, 그래도 류가 마음도 이해가 되니까…… 계속 억압받고 있으면 숨이 막힐 만도 하지.'

나도 과제 제출 기간 직전에 몇 시간이나 책상 앞에 앉아 있을 때는 머리가 이상해질 것 같았으니까.

창문을 활짝 열어젖히고 "가슴! 엉덩이! 종아리!"라고 소리 지르고 싶은 충동에 사로잡혔었다. 중얼거리기만 하고 참았지만.

그런 생각을 하고 있자니 류가의 휴대전화가 울렸다.

"아, 미안, 잠깐만 이치로."

나한테 그렇게 말하고, 류가가 전화를 받았다. 그 전에 어흠, 하고 헛기침을 한 건 남자 버전으로 전환하기 위해서겠지.

"여보세요, 시오리? ……뭐, 사도가 나타났다고?!"

아무래도 상대는 유키미야 시오리였던 것 같다. 그 사람도 이능력자고 류가와 함께 인류를 지키고 있다.

"응, 응…… 알았어. 바로 갈 테니까 기다려줘! 무모한 짓은 하지 말고!"

통화를 마치자마자 류가가 벌떡 일어났다. 그녀의 얼굴은 이미 주인공의 진지한 표정이 되어 있었다.

"이치로, 『나락의 사도』가 나타났다는 것 같아. 오늘은 이만 끝내도 될까?"

"물론이지. 힘내."

"맡겨두라고! 내가 있는 한, 그 누구도 죽지 않아…… 비극 따위는 일어나게 두지 않아!"

그래. 그래야 류가지. 난 이렇게 멋진 네가 좋아.

발을 돌려 방에서 뛰쳐나가는 주인공을 믿음직하다는, 존경한다는 눈으로 바라보며 배웅했다.

하지만, 바로 벌떡 일어나서 황급히 그 뒤를 쫓아갔다.

"야, 류가! 메이드복 입고 가면 어떻게 해! 유키미야가 깜짝 놀랄 거라고! 사도도 깜짝 놀란단 말이야!"

of course

Is it tough being "a friend"?

11 나락의 삼공주

먼 옛날부터 인류를 위협해온 이형의 군단『나락의 사도』.

그들은 왕인【마신】들의 충실한 신하이자 첨병이다. 그런 사도들로부터 인간계를 지키기 위해, 우리의 주인공 히노모리 류가는 오늘도 계속 싸우고 있다.

총 숫자가 육천이나 되는『나락의 사도』는 위에서부터「장군」「부대장」「병졸」이라는 계급 피라미드(hierarchy)로 구성돼 있다고 한다.

장군급이 되면 전투력도 엄청나서, 메인 캐릭터인 사신 히로인즈에 필적할 정도의 강적이다. 【마신】이 보스라고 한다면 장군 사도는 중간보스라고 하면 되겠지.

……그런 장군 중에『나락의 삼공주』라는 녀석들이 있다.

원래는 사도의 본거지인 이계를【마신】을 대신해서 통제하는 임무를 맡고 있던, 세 명의 여장군 유닛이다.

하지만【마신】혼돈이 부활하면서 삼공주도 인간계로 쳐들어왔고 이미 몇 번인가 류가 일행과 배틀을 펼쳤지만, 아직 결판은 나지 않았다.

백로 사도 미온. 인간 모습은 사이드 테일의 여고생.

킹코브라 사도 주리. 인간 모습은 블론드의 요염한 미녀.

에조 늑대 사도 키키. 인간 모습은 유치원생 정도의 바가지머리 어린 여자아이.

류가의 「이능 배틀 스토리」를 꾸며주는 적 캐릭터인 세 사람은, 이야기에 빼놓을 수 없는 존재다. 하지만 딱 한 가지, 큰 문제가 있다.

"자, 저녁밥 다 됐어~."

"그래, 배고파 죽겠어."

"이때를 기다렸쭙니다."

문제는 삼공주가 하나같이 우리 집에, 단순한 「친구 캐릭터」인 코바야시 이치로의 집에 얹혀사는 것도 모자라 최근에는 완전히 인간계에 적응해버렸다는 점이다.

삼공주는 나한테 깃들어 있는 【마신】 도철에게 충성을 맹세했다. 그리곤 그걸 이유로 우리 집에 굴러들어왔는데, 나로서는 도저히 참을 수 없는 일이었다. 친구 캐릭터에서 더 멀어지고 말았다.

'이 상황은 위험해…… 류가네한테 들키기라도 하면 무슨 소리를 들을지.'

언젠가는 손을 써야 한다. 『나락의 삼공주』에게 어딘가 다른 살 곳을 찾으라고 해야…… 그렇게 생각하면서 한 달, 두 달이 지나갔고.

어느샌가 나는 그 셋과의 동거에 적응해버리고 말았다. 그날 밤도 아무렇지도 않게 넷이서 저녁을 먹고 있었다.

"오늘은 크림 스튜야. 자, 다들 식전 인사 준비. 이치로 군도."

미온의 말을 듣고 우리는 동시에 "잘먹겠습니다"라고 말했다. 인류의 적인데, 이렇게 행실이 좋아도 되는 걸까.

참고로 지금 우리 집 집안일은 미온이 도맡아서 하고 있다. 소위 말하는 「주부 캐릭터」다. 오늘 저녁밥인 크림 스튜도 흠잡을 데 없는 맛이다.

"역시 미온은 대단해. 부드러운 느낌과 감칠맛이 멋지게 조화를 이루고 있어."

"마시쯤미다. 장인의 솜씨임미다."

주리와 키키가 절찬했다. 그 말을 들은 백로 사도는 의기양양하게 가슴을 펴고 흐흥, 하는 콧소리를 냈다.

"버터랑 생크림을 넣어봤어. 그리고 숨은 맛으로 다시마 차…… 감칠맛 성분이라면 역시 글루타민산이 기본 아니겠어."

이것이 『나락의 사도』들의 대화인가. 한숨이 나오지만 맛있어서 아무 말도 못 하겠다.

"이치로 님. 이 주리가 스튜를 후~ 후~ 해드리겠습니다. 자, 사양하지 마시고."

그렇게 말하면서 킹코브라 사도가 입술을 오므렸다. 그 폭력적일 만큼 거대한 가슴을 보면 알 수 있는 것처럼, 그녀는 소위 말하는 「섹시 캐릭터」다.

"이치로 남작. 키키의 브로콜리를 바치도록 하게쭙니다. 신세 지는 데 대한 답례임미다."

꿍꿍이가 뻔히 보이는 변명을 하며, 에조 늑대 사도가 브로콜리를 숟가락으로 떠서 나한테 떠넘겼다. 이쪽은 「어

69

린 여자애 캐릭터」라서 그런지 녹황색 채소를 싫어한다.

"저기, 이치로 군. 오늘 스튜에 감자 말인데, 평소보다 맛있지 않아? 옆집 야나기사와 씨가 주신 거야. 다음에 우리도 뭔가 답례를 해야겠어."

야, 미온. 평범하게 이웃분들과 교류하지 말라고. 사도인데. 장군인데.

"역 앞에 오픈한 에스테 살롱, 평이 꽤 좋다더라. 다음에 한 번 가볼까."

어이 주리, 회사원 같은 소리 하지 말고. 사도인데. 장군인데.

"다 먹으면 녹화해둔 『스펙터클 맨』을 볼 겁니다. 다음 주를 위해서 예습과 복습을 하는 겁니다."

키키, 히어로 프로그램에 빠지지 말라고. 사도인데. 장군인데.

"저기 너희들. 『나락의 사도』 간부로서, 뭔가 다른 얘기를 해야 하지 않아? 중요한 일을 잊어버린 건 아니고?"

예를 들자면 나한테 류가 같은 메인 캐릭터들의 동향을 캐묻는다든지. 부하 사도들과의 합류에 대한 상담이라든지. 애당초 지금 자신들이 처해 있는 상태에 대해 의문을 품는다든지.

나는 이 삼공주가 류가 일행의 좋은 호적수로 존재하기를 바란다. 사도로서의 정체성을 잊지 않기를 바란다.

참으로 유감스럽게도, 삼공주는 "중요한 일?"이라면서

고개를 갸웃거렸다.

하지만, 잠시 조용히 생각한 뒤에, 셋이 동시에 "아!" 하고 말했다.

"도철 님이 안 계시잖아! 완전히 깜박했네!"

분명히, 섬겨야 할【마신】의 저녁밥을 차려놓지 않았다.

너희들 그래도 되는 거냐. 나도 깜박했지만.

of course

Is it tough being "a friend"?

12 심부름 값

이 이야기는 히노모리 류가가 주인공인 「이능 배틀 스토리」다.

구체적으로 무엇과 싸우냐면, 『나락의 사도』라는 이형의 존재들이다.

그들은 태곳적부터 인류와 적대해 왔던 이계에서 온 침략자다. 하나같이 어떤 생물을 모티프로 한 모습이고, 힘에 따라서 병졸, 부대장, 장군으로 급이 정해져 있다.

그런 그들의 정점에 군림하는 것이 사흉이라고 불리는 【마신】들. 즉 혼돈, 도철, 궁기, 도올.

역시 【마신】이라고 부를 정도다 보니, 혼자서도 인간계를 멸망시킬 수 있는 강대한 존재다. 류가네가 고생하고 있는 사도들도 이 무시무시한 「왕들」의 첨병일 뿐이다.

그리고 그 【마신】 중 하나인 도철은—— 나한테 깃들어 있다.

도철이 인간계에서 실체화하려면 나라는 「그릇」이 필요하기 때문이다.

……어느 날 아침에 일어나 1층으로 내려왔더니 도철이 마당에서 잡초를 뽑고 있었다.

밀짚모자를 쓰고, 목에는 수건을 걸고, 열심히 잡초를 뽑고 있는 【마신】. 나와 똑같이 생겼기 때문에 상당히 정신

사납다.

"안녕 텟짱. 아침부터 아주 열심히 일하네."

툇마루에서 말을 걸었더니 도철이 땀을 닦으면서 내 쪽으로 고개를 돌렸다.

"아, 나리. 안녕히 주무셨습니까. 그게 말이죠, 미온이 잡초를 뽑으면 삼백 엔을 준다고 해서…… 이 더운 날씨에 열심히 하고 있습니다요."

겨우 삼백 엔 가지고, 잘도 의욕이 생겼네. 그 세 배는 받아도 될 것 같지만 본인이 납득했다면 굳이 말할 필요는 없겠지.

참고로 미온은 우리 집에 사는 장군 사도다. 그밖에도 주리, 키키라는 사도가 살고 있는데, 그 세 사람은 『나락의 삼공주』라는 유닛의 멤버다.

"매달 받는 용돈만 가지고는 아무래도 부족해서 말이죠. 가난뱅이는 참 힘듭니다요."

"그렇구나. 열심히 해봐."

……그리고 이튿날, 이번에는 도철이 욕실 청소를 하고 있었다.

오른손에는 솔, 왼손에는 샤워기를 들고서 묵묵히 욕조를 닦고 있는 【마신】. 도저히 다른 사도들, 그리고 류가네 한테는 보여줄 수 없는 모습이었다.

"텟짱, 오늘은 욕실 청소야?"

"예이. 그게 말이죠, 주리가 욕실 청소를 하면 삼백 엔을 준다고 해서…… 어제 잡초 뽑은 것까지 하면, 이걸로 육백 엔을 벌었습니다!"

좀 더 임금 교섭을 해도 되지 않을까. 왠지 불쌍해졌다.

"나리도 뭔가 시킬 일이 있으면 말씀해 주십쇼. 구두라도 닦아드릴깝쇼?"

"아무리 봐도 【마신】이 할 말이 아닌 것 같은데…… 뭐, 필요한 게 있으면 부탁할게."

……그리고 또 다음날. 내가 방에서 만화책을 읽고 있는데 도철이 들어왔다.

"나리, 외출 허가를 해주셨으면 합니다만."

"어디 가게. 혹시 누가 심부름이라도 시켰어?"

"예. 이번에는 키키입니다. 장난감 가게에 가서 '강철 괴수 가치간다' 소프트 비닐 인형을 입수하려고요. 정가가 육백 엔이니까, 딱 살 수 있습니다."

그 의외의 말에 나는 "뭐?"라고 말하면서 침대 위에 누워 있던 몸을 일으켰다.

'설마 텟짱은…… 키키한테 괴수 소프트 비닐 인형(소프비)을 사주려고 일했던 건가?'

어린 여자애 사도인 키키는 괴수 소프트 비닐 인형을 모으는 취미가 있다.

하지만 우리 집 가계를 쥐고 있는 미온은 「한도 끝도 없으니까」라면서 어지간해서는 사주지 않는다. 그래서 키키가 어제도 떼를 썼었다.

'그렇구나, 텟짱은 그걸 보고…….'

키키를 위해서 소프트 비닐 인형을, '강철 괴수 가치간다'를 선물해주려고 하는 걸까. 그 상냥한 마음에 나도 모르게 감동해버리고 말았다. 정말 인정 많은 【마신】이다.

"텟짱. 너, 좋은 일을 다 한다."

"예?"

"난 네 용돈 벌려고 일하는 줄 알았는데……."

"그야 돈은 제가 먹고살려고 버는 것입죠. 당연한 일 아니겠습니다.

"뭐? 그런데 소프트 비닐 인형 산다면서?"

"잡초 뽑기에 욕실 청소처럼 심부름 값을 벌려는 겁니다. 게다가 이번에는 벌이가 꽤 좋아서요."

무슨 말인지 모르겠네. 대체 어떻게 된 거야?

"그게 말이죠. 키키가 강철 괴수 가치간다를 사 오면 세상에, 오백 엔이나 준다고 했습니다! 오백 엔이란 말입니다!"

"그런데 소프트 비닐 인형의 값은 네가 내는 거잖아?"

"예. 그 대신에, 오백 엔을…… 응? 어라?"

"백 엔 손해거든!"

"……아! 정말이네!"

"머리가 어떻게 된 거 아냐! 초등학생이라도 알겠다!"

"그 바가지머리 꼬맹이가아아! 왕을 속이려 들다니, 배짱도 좋구나!"

그날 밤—— 나는 미온한테 간절히 부탁해서 도철의 용

돈을 오백 엔 올려줬다.

　무시무시한 【마신】은 엄청나게 기뻐하면서 온 집안을 뛰어들었다.

　게다가 부하인 미온을 한참 동안 「미온 님」이라고 부르기까지 했다.

　그래도 되는 거냐, 텟짱.

13 시금치

우리 집 식사 시간은 항상 떠들썩하다.

예전에는 나 혼자 살았지만, 지금은 『나락의 삼공주』가 얹혀살고 있기 때문이다. 차녀 미온의 츤데레 토크, 장녀 주리의 야한 이야기, 셋째 키키의 괴수 이야기에 일일이 대응…… 하는 것이 식탁에서의 내 루틴 워크가 되었다.

하지만 오늘 저녁에는 괴수 이야기가 나오지 않았다. 키키는 뚱한 얼굴로 입을 꾹 다물고, 조금 전부터 음식과 눈싸움만 하고 있다. 작은 접시에 담아놓은 녹황색 채소와.

"다녀왔습니다."

그리고 현관에서 그런 목소리가 들려오더니, 나랑 똑같은 비주얼의 남자가 거실로 들어왔다.

이 녀석의 이름은 도철. 『나락의 삼공주』를 이끄는, 자칭 사흉 중에서도 최강인 【마신】이다.

"왜 이렇게 늦었어, 텟짱. 한 시간 안에 온다고 했잖아."

"헤헤헤, 죄송합니다, 나리. 밤하늘이 너무 예뻐서…… 자, 천천히 드십쇼."

뻔뻔한 변명을 하고 계단을 올라가려는 도철은, 미온과 주리가 붙잡았다.

"기다려주십시오, 도철 님. 보고할 일이 있습니다."

"주말로 예정된 대청소의 역할 분담에 대해, 그 연락과 상담을.”

“됐어, 그런 건. 난 바빠. 지금 당장 방에 돌아가야 하니까.”

바로 도철이 고개를 저으며 거부했다. 아까부터 계속 손을 뒤로 돌린 채, 뭔가를 감추고 있다. 혹시 또 돈을 낭비하고 온 건가?

“하지만 도철 님.『보연상』은 중요하지 않겠습니까.”

미온이 말한『보연상』이란 보고, 연락, 상담을 의미하는 비즈니스 용어다. 회사 조직에서의 기본적인 예절인데, 설마 사도 조직에서도 채용했을 줄은 몰랐네.

“됐다, 됐어, 됐다고!『보연상』 따위는 필요 없다!”

“마쭙니다! 시금치* 따위는 필요 업쭙니다!'

거기서 갑자기, 키키가 도철한테 동조해서 소리쳤다.

……키키가 기분이 나빴던 건, 역시 눈앞에 있는 시금치 절임 때문인가. 이 바가지머리 꼬맹이는 녹황색 채소를 아주 싫어한다.

“보연상 반대!”

“시금치 반대임미다!”

의기투합한 도철과 키키가 주먹을 치켜들고 주장했다. 순식간에 연합을 결성했다.

“두 사람 모두, 그만하고 앉으세요.”

하지만 그런 시위도 소용없이, 주리의 긴 블론드 머리카

----

*보연상의 일본어 발음은 '호렌소'로 '시금치'와 발음이 같다.

락이 슬금슬금 길어지더니 도철과 키키를 구속해버렸다. 테이블 위로 날아가서 나란히 앉혀지는 【마신】과 장군.

탈출하려고 필사적으로 발버둥 치는 바가지머리 꼬마에게 미온이 타이르는 것처럼 말했다.

"키키. 시금치 무침 반은 내가 먹어줄 테니까, 나머지는 꼭 먹어야 한다."

"……알게쭙니다. 그러니까 주리, 이 머리카락을 풀어…… 아, 그냥 안 풀어줘도 됨미다. 이대로도 됨미다."

굳이 풀려나길 거부하는 키키. 젓가락을 들 수 없는 상태를 조금이라도 더 유지하고 싶어서 그렇겠지. 그렇게 먹기 싫은가.

"그리고 도철 님. 뒤에 숨긴 것을 보여주세요."

미온이 눈짓을 보내자 주리의 긴 머리카락이 【마신】을 간질여댔다. "아히히"하고 웃으며, 도철의 손에서 책이 한 권 툭 떨어졌다. 신간 만화였다.

"만화인가요. 이번 달의 도철 님은 이미 용돈이 떨어진 것으로 기억하고 있습니다만."

"아니, 그게, 우연히 마주친 대부호가 사준 것 같기도 하고 아닌 것 같기도 하고……."

"대부호가 우연히 만화 코너에 있었습니까?"

"그래, 맞아. 남극에 땅을 잔뜩 가지고 있다나 뭐라나."

"남극에 사유지를 말입니까?"

"……없나?"

눈동자를 이리저리 굴리는 쑤욱 다가가는 우리 집의 어머니, 미온.

"도철 님. 정직하게 대답해 주십시오. 그 돈—— 어떻게 마련하셨습니까."

그 박력에 밀려서, 마침내 【마신】은 포기한 것처럼 우물쭈물 입을 열었다. 나랑 똑같이 생겨서 왠지 내가 혼나는 것 같은 기분이 든다.

"그러니까, 돈이 말이야…… 생각지도 못한 발견을 했다고 할까……."

"발견이라고, 하시면?"

"저기 있는 액자 뒤에 서류 봉투가 있더라고. 안을 봤더니 천 엔 지폐가 스무 장 정도 들어 있었고."

그렇게 말하면서 도철이 손가락으로 벽을 가리켰다. 거기에는 외국 풍경을 그린 그림이 걸려 있다. 몇 년 전에 아버지가 사 온 그림인데, 솔직히 말해서 그다지 잘 그린 건 아니다.

"저, 전부 꺼낸 건 아니거든? 취득 수수료로 천 엔만 꺼냈어! 나머지는 제자리에 돌려놨으니까!"

"그 돈은 제 비상금입니다!"

미온의 절규에 우리는 일제히 "뭐?" 하는 소리를 냈다.

"돌려받겠습니다! 도철 님의 다음 달 용돈에서 빼겠습니다!"

"뭐, 뭐라고오! 비상금을 숨겨둔 네가 잘못 한 게 아니냐! 『보연소』의 중요성은 어디로 갔나!"

"보연소 반대입니다!"

"마쭙니다! 시금치 반대임미다!"

정색하고 선언한 미온에게, 키키도 지지 않고 동조했다. 새로운 연합이 결성됐다.

아니…… 보고, 연락, 상담은 중요하고, 시금치는 몸에 좋거든?

14 지금까지의 복습

내 이름은 코바야시 이치로. 고등학교 2학년.

갑작스럽지만 내 말을 좀 들어줬으면 싶다. 이 세상은, 아니 이 동네는『나락의 사도』인가 하는 이형들 때문에 위협받고 있다.

그 무시무시한 침략자들로부터 사람들을 지켜주는 것이 이 이야기의 주인공 히노모리 류가다.

나는 그런 류가를 일상 측면에서 지원해주기 위해서 항상 같이 행동하고 있다. 익살스레, 우습게, 그리고 엉큼하게 굴면서 류가를 웃게도 하고 얼빠지게도 만들고 질리게 만들기도 하면서.

코믹 릴리프 역할의 친구 캐릭터…… 그것이 코바야시 이치로라는 존재다.

"이치로. 오늘 어디 좀 들렀다 갈까?"

어느 날 방과 후. 종례가 끝나고, 류가가 나한테 그런 말을 했다.

"순찰 겸, 번화가를 한 번 돌아볼까 하는데…… 어때?"

"그래. 같이 가자."

나는 당연히 승낙했다. 시내를 돌아다닐 때 같이 다녀주는 건 친구 캐릭터의 역할이니까.

만약에『나락의 사도』가 나타난다면 일반 시민들의 피난

을 유도하는 것도 내 일이다. 희생자가 발생하지 않게, 류가의 활동을 방해하는 사람이 없도록, 신속하게 사람들을 멀리 떨어지게 하는 것이다.

"──저기 이치로. 나 요즘 뭔가 달라진 것 같지 않아?"

번화가를 돌아다니는 중에. 류가가 그렇게 물었다.

"응? 수행 이벤트로 파워업이라도 했어?"

"그게 아니라."

"수많은 사투를 거치면서 새로운 이능력에 눈을 떴다든지?"

"아니라니까! 샴푸 바꿨다고!"

"샤, 샴푸?"

"정말이지, 왜 모르는 거야…… 남자 친구면서."

그렇다. 우리의 히어로 히노모리 류가는 사실 남장 여자였다.

게다가 어떻게 된 영문인지 나한테 반해서 「연애 수행」이라는 명목으로 나와 유사 연인 관계가 됐다. 단순한 친구 캐릭터인, 바로 이 코바야시 이치로와.

변명하려는 건 아니지만, 어디까지나 수행이다. 『세미 남친』이다.

"전에 머리 조금 잘랐을 때도 전혀 알아차리지 못했었고."

그야 당연하지. 내가 "어라, 혹시 머리 잘랐어?"라고 묻는 건, 그 녀석이 스킨헤드가 됐을 때 정도일 테니까.

"그러면 안 되거든? 그런 사소한 변화를 잘 알아채야 한다고."

"그, 그러고 보니까 류가, 너 요즘 조금 마른 거 아냐?"

"안 말랐어! 오늘 아침에 체중을 재봤더니 400g이나 늘었다고!"

괜한 짓을 했다. 게다가 심기만 더 불편하시게 만들었다.

여러분도 알아주셨으면 싶다. 여자는 섬세한 생물이다. 함부로 건드리면 안 되는 예민한 부분이 잔뜩 있다.

'애당초 남자 친구답게 굴라고 해도 곤란한데 말이야…… 난 친구 캐릭터니까. 인기가 없는 게 정체성이나 마찬가지 니까.'

마음속으로 그렇게 투덜거리고 있는데.

갑자기 내 머릿속에서 얼빠진 남자 목소리가 울렸다.

'흐아아암~. 안녕히 주무셨습니까요, 나리.'

날 숙주로 삼고 있는 【마신】 도철의 목소리였다. 『나락』의 사도들의 왕인, 사흉 중에 하나다.

'아, 류가땅이다! 데헤헤헤, 오늘도 귀엽구만…… 나리, 조금만 얘기 좀 하게 해 주십쇼! 제발 부탁드립니다요!'

'관두는 게 좋을걸. 지금 기분이 안 좋으니까.'

머릿속에서 도철과 그런 이야기를 하는데, 이번에는 주머니 속에 있는 휴대전화가 진동을 울렸다.

꺼내서 확인해보니 세상에, 메시지가 네 개나 들어와 있었다.

──첫 번째는 류가와 함께 싸우는 동료 유키미야 시오리.

『코바야시 씨. 이번 일요일에 같이 점심은 어떠신가요? 똠얌꿍 만드는 방법을 마스터했어요!』

——두 번째는 마찬가지로 류가의 동료 아오가사키 레이 선배.

『코바야시. 이번 일요일에 잠깐 도장에 와주겠나? 훈련한 뒤에 너와 올가을 패션 트렌드에 대한 이야기를 나누고 싶다.』

——세 번째도 마찬가지로 류가의 동료 엘미라 매카트니.

『코바야시 이치로. 이번 일요일에 볼 수 있을까요? 실은 소설의 구상이 또 막혀서 말이죠.』

——그리고 네 번째는 사정이 있어서 동거하고 있는『나락의 사도』의 장군 미온.

『이치로 군. 오늘 저녁은 카레야. 일찍 돌아와!』

……다시 말하지만, 난 평범한 친구 캐릭터다.

캐릭터 소개 칸에도 실리지 않은, 일개 말단 캐릭터다. 제대로 된 캐릭터 디자인 설정자료조차 만들어두지 않는, 그런 캐릭터.

'그런데…… 대체 어디서부터 잘못된 거지.'

이봐, 류가. 너야말로 왜 모르는 거야.

네 세미 남친의 변화는 샴푸 정도가 아니라고.

15 유키미야 양

"코바야시 씨. 제 고민을…… 들어주시겠어요?"

유키미야 시오리의 집에 초대받은 나는, 유키미야와 함께 정원을 걷고 있었다.

거대한 기업 그룹 회장의 따님인 유키미야의 집은 호화저택 정도가 아니라 궁전이라고 불러야 할 수준이다. 따라서 정원도 마치 자연공원 정도로 크다.

'이 집 정원 안에 도쿄 돔이 몇 개나 들어갈까. 솔직히 도쿄 돔 한 개면 얼마나 넓은 거지. 우리 집으로 몇 채인지 계산해주면 안 될까.'

마음속으로 그런 생각을 하거나 말거나. 옆에서 걷고 있는 유키미야의 이야기는 멈출 줄 모르고 있었다. 허리까지 내려오는 긴 황갈색 머리카락이 산들바람에 부드럽게 흔들리고 있다.

"코바야시 씨도 알고 계시는 것처럼, 제 이명은 『축명의 무녀』라고 합니다."

"그랬지. 치유 능력에 특화된 자애의 이능력자."

"하지만, 저는 그러니까…… 그다지 무녀 같은 요소가 없다고 할까요."

"그, 그런가? 카구라스즈도 가지고 있잖아. 그 아이템, 그야말로 무녀라는 느낌인데."

카구라스즈란 방울 다발에 자루를 단 모양새로, 무녀가 신께 바치는 춤을 출 때 사용하는 물건이다.

유키미야는 카무라스즈를 울려서 『나락의 사도』들의 움직임을 둔하게 만들 수 있다. 배틀에서는 류가를 비롯한 메인 캐릭터들도 매번 신세를 지고 있다.

"카구라스즈만 가지고는 무녀다운 요소가 조금 부족한 것 같아서…… 그러니까 코소데를 입거나 하카마를 입고, 머리를 에토모유이*로 하는 쪽이 좋지 않을까 싶어서요."

"그런 캐릭터를 만드는 데 신경을 써주면 나로서는 상당히 기쁘지만…… 항상 무녀 복장을 하고 다닐 수도 없고, 사도가 나타났을 때 급하게 갈아입는 것도 좀…….".

"또 하나 상담할 게 있어요. 아시다시피 제 수호신은【백호】잖아요."

물론 알고 있다.

류가한테 수호신【황룡】이 깃들어 있는 것처럼, 유키미야를 비롯한 히로인즈한테도 수호신이 깃들어 있다.【황룡】을 따르는 권속인, 사신의 성수를.

"저한테는, 그러니까, 호랑이 같은 요소도 너무 없는 것 같아서."

"호랑이 같은 요소…….".

---

*일반적으로 생각하는 무녀의 차림새. 소매가 짧은 전통 상의인 코소데, 주름 잡힌 바지 모양의 하카마, 뒤로 묶은 머리에 천을 감는 에모토유이를 말한다.

성적 우수, 용모 단정, 품행 방정이라는 전형적인 학교의 아이돌. 그것이 유키미야 시오리다.

그런「왕도 정통파 히로인」인 유키미야에게 호랑이 같은 사나운 이미지가 있을 리 없다. 아니, 필요 없다.

"그러니까 생고기를 좋아한다든지, 칸사이의 야구 팀(한신 타이거즈)을 응원한다든지, 마스크를 쓰고 공중살법을 쓰는 (타이거마스크) 게 좋지 않을까 하고……."

아무래도 캐릭터를 만들기 위해서 상당히 고민 중인 모양이다. 성실한 성격 때문일까.

"유키미야, 너무 깊이 생각하지 않는 게 좋아."

"그럼 하다못해 학교 다닐 때 타는 차를 중전차 티거로 바꿀까요. 호랑이라는 뜻의 이름이니까."

"하지 마, 유키미야."

"세바스챤한테 서둘러 대형 특수 면허를 취득하게 해 서…… 아, 벌써 점심이네요. 다음 얘기는 점심을 먹으면서 하죠. 마침 저기에 벤치도 있으니까."

일단 이야기를 중단하고 그렇게 제안하는 유키미야. 그녀가 바구니를 들고 있던 건, 역시 그런 뜻이었나.

'하아…… 오늘도 이 시간이 왔구나.'

왕도 히로인 유키미야 시오리에게는 딱 한 가지 귀찮은 문제가 있다. 그것은「맛없는 밥 속성」이다.

그녀는 요리를 만드는 걸 좋아하지만, 이게 깜짝 놀랄 정도로 맛없다. 예전에 나는 유키미야가 만든 요리를 먹고 몇 번이나 위독한 상태에 빠졌었다.

"자, 드세요. 사양 말고 드세요. 오늘은 로스트 치킨 도리아예요."

콧김을 거칠게 내쉬며 자랑스레 런치 박스를 열어 보이는『축명의 무녀』.

음식을 맛없게 만드는 사람들은 왜 이렇게 어려운 요리에 도전하려고 드는 걸까. 삶은 달걀 정도면 좋을 텐데. 그것도 유키미야가 만들면 맛없을 것 같지만.

"유키미야. 내가 가르쳐준 요리의 요령, 실천해봤어?"

"예! 이번에는 코바야시 씨의 조언에 따라서 만들어봤어요!"

……며칠 전. 나는 한 가지 계략을 짜내 유키미야에게 조언을 해줬다.

그건「일부러 맛없게 만들어보는」, 그야말로 역전의 발상이다.

평범하게 만들면 맛이 없으니, 처음부터 맛없게 만들려고 하면 오히려 맛있어지지 않을까…… 그런 제갈량 같은 기책이었다.

'유키미야에게는 미안하지만, 나도 언제까지 식중독으로 고생할 수는 없으니까. 위장약을 가지고 다니는 것도 이젠 싫어!'

마음속으로 외치고, 나는 기대를 담아서 치킨 도리아를 먹었다. 그 결과──

무지무지 맛없었다. 똑같았다.

맛없게 만들려고 하면 평범하게 맛이 없다. 정말 끔찍한 맛이다.

"드시면서 하셔도 되니까, 그대로 상담을 들어주세요. 저, 역시 티거에 타는 건 그만둘까 해요. 무녀와 티거는 너무 언밸런스할 것 같아서……."

저기 유키미야. 이제 좀 눈치챘으면 좋겠는데.

지금 문제시해야 할 건 캐릭터 만들기보다 음식 만들기라고.

그리고 유키미야. 제발 부탁이니까 가르쳐줘.

제일 가까운 화장실이 어디인지. 뱃속이 난리가 났으니까.

16 아오가사키 양

그날 『참무의 검사』 아오가사키 레이는 유난히 심기가 불편했다.

메시지 내용을 봤을 때는 기분이 좋아 보였다. 하지만 내가 집에 찾아갔더니 마치 교과서에 실려 있는 문호처럼 무뚝뚝한 얼굴을 하고 있었다.

날 안내한 곳은 그녀의 방이 아니라 고풍적인 도장…… 아오가사키 선배네 집은 삼백 년의 역사를 지닌 유서 깊은 검술 도장이다.

"왜, 왜 그러세요, 아오가사키 선배. 소중히 여기던 분재가 말라 죽기라도 했나요."

"나한테 그런 어르신 같은 취미는 없다."

"게임 세이브 데이터라도 날아갔나요."

"나는 게임을 안 한다."

"그럼 혹시, 변비인가요."

물어본 순간, 매처럼 날카로운 눈으로 노려봤다. 아…… 이럴 줄 알았으면 오늘 오라고 했을 때 거절할 걸 그랬다.

사실 아오가사키 레이에게는 「패션을 좋아하는 소녀」라는 숨겨진 모습이 있다.

우연히 그 비밀을 알게 됐고, 어떻게 된 일인지 패션 센스를 높이 평가받은 나는 그녀의 「전속 코디네이터」가 되고 말았다. 그래서 오늘 호출도 매번 하던 패션쇼 이야기일 줄 알았다.

"코바야시. 나는 지금…… 내 미숙함에 큰 충격을 받았다."

"예? 예……."

"실은 조금 전까지 여기서 문하생들을 지도하고 있었는데…… 무참한 패배를 맛보고 말았다."

"져, 졌다고요? 아오가사키 선배가?"

그녀는 자타가 공인하는 검술 달인이다. 혼자서 오십이나 되는 『나락의 사도』를 해치운 적도 있는, 류가 진영의 넘버2다.

사신을 수호신으로 지닌 히로인즈의 리더 같은 위치이자 정신적 지주…… 그런 【청룡】의 계승자 아오가사키 레이가 누구한테 졌다는 거지?

"아오가사키 선배한테 이길 수 있는 존재라면 류가 말고는 생각도 못 하겠는데…… 아, 혹시 미온이었나요? 그 녀석이 도장에 쳐들어왔다든지?"

"웃기지도 않는 농담 하지 마라, 코바야시. 미온에게 졌다면 난 지금 여기 있지도 않았을 거다. 할복 준비를 하느라 바쁠 테니까."

하지 마세요. 당신이 무사 같기는 해도 진짜 무사는 아니니까. 저도 다 알거든요, 실은 엔카가 아니라 팝송만 듣는다는 걸. 회를 카르파초라고 부른다는 걸.

"내가 패배한 건, 류가도 미온도 아니다. 미야모토다."

"미야모토?"

"그래. 그녀와 진검 승부를 겨뤄서 멋지게 한 판을 내줬다. 장난이 아니었다. 당연히 실력으로 졌다."

미야모토 치즈루. 그녀는 우리가 다니는 오메이 고등학교 학생회 부회장이다. 아오가사키 레이와 같은 수준이라고 불리는 여검사로, 원래는 월상관이라는 검술 도장 소속이지만 지금은 이쪽 아오가사키 도장에 단기 입문한 상태다.

그야 미야모토가 전국 수준의 실력이기는 하지만, 그래도 아오가사키 선배를 이길 정도는 아니다. 쉽게 믿을 수 없는 이야기다.

'그나저나 사도 미온이라면 또 모를까 일반인인 미야모토 양한테 졌다면, 그쪽이야말로 배를 갈라야 할 일이 아닌가…….'

그런 생각을 하기는 했지만, 말로 하지는 않았다. 나에게 목을 치라고 시키면 큰일이니까.

"미야모토의 실력이 그렇게 좋아졌나요?"

"아니. 변명하려는 건 아니지만 검 승부가 아니다. 스모였다."

"스모라니……."

"내가 고양이 속이기*에 당하자 그대로 단숨에 파고 들어오더군……. 그 한 칼에 이미 승부는 결정된 것이었겠지."

---

*손뼉을 쳐서 상대를 놀라게 하고 허를 찌르는 기술.

그런 걸 한 칼이라고 하나요. 역시 이 사람은 검술밖에 모르는 건가.

"하지만 나의 추태는 거기서 끝나지 않았다. 나는…… 미야모토에 이어 케이타한테도 패배하고 말았다."

케이타 군이란 이 도장 문하생인 초등학교 2학년 남자아이다. 성은 나랑 같은 코바야시지만, 그렇다고 친척은 아니다.

"그쪽도 스모인가요?"

"아니. 이쪽은 닭싸움이었다."

"닭싸움……."

"내 돌진을 피하고, 내 허를 찔러서 옆쪽에서 온 힘을 다해 부딪쳐왔다. 정말 무서운 초2다."

이 사람, 역시 배를 갈라야 할지도 모르겠네.

"그게 다가 아니다. 초4 마유코한테도 졌다. 손가락 씨름으로."

"여기 무슨 어린이 놀이 교실인가요?"

"마유코는 이기고자 조급해하는 내 마음을 읽고 있었다. 그야말로 여자 야규 쥬베이……."

오늘, 딱 한 가지 알아낸 일이 있다.

검술 실력만 따지면 히노모리 류가도 능가하는 『참무의 검사』 아오가사키 레이—— 하지만 그녀에게서 검을 빼앗으면, 아무것도 없다는 걸.

"이대로 가면 사범 대리로서 체면이 서질 않는다…… 코바야시! 나랑 엉덩이 싸움으로 승부다!"

　그 결과, 나는 시작 3초 만에 승리했다.

　내 엉덩이에 밀려서 날아간 아오가사키 선배가 귀엽게 "앙" 하는 비명을 질렀다.

17 엘미라 양

"……기다리고 있었어요. 코바야시 이치로."

그날은 엘미라 매카트니한테 불려서 그녀의 아파트에 갔더니 어떻게 된 일인지 유난히 음산한 말투로 날 맞이했다. 손전등으로 자기 얼굴을 아래쪽에서 비추면서.

"제가 엄선한 호러 영화 감상회에, 잘 와주셨습니다. 지릴 준비는 되셨나요?"

"준비 안 됐고 지릴 생각도 없어."

"후후후. 허세는 지금 열심히 부려두세요."

……아무래도 같이 호러 영화를 보려고 날 부른 것 같다.

엘미라는 『상암의 혈족』이라고 하는, 그야말로 진정한 흡혈귀다. 동시에 【주작】 수호신을 지닌 류가의 동료 캐릭터다.

오늘은 엘미라가 취미로 쓰고 있는 소설에 대해 상담하려고 날 부른 줄 알았는데…… 영화 정도는 혼자서 봐도 되잖아. 혹시 무서워서?

"오늘 볼 작품은 『뱀파이어 패닉』입니다. B급 영화라고 얕보다가는 아마도 트라우마가 될 거예요."

그게 무슨 작품인지 알지도 못하고 별로 흥미가 생기지도 않는다. 무엇보다 뱀파이어 패닉은 종종 현실에서 맛보고 있으니까. 굳이 영화에서까지 보고 싶지는 않은데.

그런 생각을 하고 있는데. 갑자기 내 등 뒤에 도철이 나타나는 기척이 느껴졌다.

　"흐아암~ 안녕히 주무…… 어라? 여기, 어디지?"

　"엘미라네 집이야. 지금부터 호러 영화 볼 거야."

　"하아, 영화입니까."

　속 편하게 하품이나 하고 있는 【마신】을 보고 엘미라가 흥, 하고 콧방귀를 뀌었다.

　"마침 좋은 때 눈을 떴군요 【마신】 도철. 당신도 같이 보시겠어요? 일단은 사도의 왕이니, 꽤 배짱이 두둑하겠죠."

　"당연하지. 인간의 창작물 따위에, 내가 겁먹을 것 같나."

　지지 않겠다고 흥, 소리를 내는 도철.

　참고로 이 녀석은 류가랑 연애 영화를 보면서 펑펑 울었던 전과가 있다. 지렸을 때를 대비해서 기저귀를 채워놓는 게 좋을지도 모르겠는데.

　……아무튼, 그렇게 해서 『뱀파이어 패닉』 감상회가 시작됐다.

　"꺄악! 나왔어요 뱀파이어가!"

　엘미라가 내 오른팔에 매달려서 계속 움찔거렸다. 뱀파이어라면 이 집에 왔을 때부터 계속 나와 있는데 말이야.

　"으아아아! 뒤에 있어어어! 야, 뒤돌아봐! 뒤에 있다고오오오! 나타났다고오오오!'

　도철이 내 왼팔에 매달려서 눈물까지 글썽이며 소리를 질러댔다. 이젠 한마디 해줄 생각도 안 난다.

"뱀파이어가 이렇게 무서운 줄은 몰랐어요…… 꺄아아아악! 피를 빨리고 있어요! 조니가 뱀파이어가 돼버렸어요오오오오!"

"나무아미타불, 나무아미타불…… 끄아아아악! 뱀파이어가, 뱀파이어가 화면에서 나왔드아아아!"

"저예요!"

"너였냐! 심장이 멎는 줄 알았잖아!"

"그냥 멈춰버리세요! 인류 평화를 위해서!"

……약 두 시간 뒤. 시끄러운 영화 감상회가 끝났고, 이어서 소감을 말하는 시간이 시작됐다.

포테이토 칩을 먹으면서 "거기가 무서웠다", "그 장면에서 지릴 뻔했다"면서 사이좋게 이야기하고 있는 『상암의 혈족』과 【마신】. 이 둘이 계속 시끄럽게 굴어서 나는 도저히 영화에 집중할 수가 없었다.

"오늘 밤에 혼자서 잘 수 있을까요…… 아는 듀라한 분께 전화해서 잠이 올 때까지 같이 이야기하자고 해야 하려나요."

듀라한이란 아일랜드 지방에 전해지는 「머리가 없는」 기사다. 그런 존재가 실제로 있다는 데도 놀랐지만, 그게 전화기를 가지고 있다는 말에 더 놀랐다.

"나리. 오늘 밤엔 같이 주무시지요. 화장실 갈 때도 같이 가주시고요."

도철은 너무 한심해서 뭐라고 할 말이 없다. 미온네 삼공주가 주인이 이 꼴인 걸 알게 되면 "이만 떠나도록 하겠습니다"라고 하면서 짐을 싸 들고 나가버릴지도 모른다.

"어쨌거나 오늘은 즐거웠어요. 코바야시 이치로, 도철, 또 좋은 작품이 있다면 다시 초대하지요. 어째선지 류가는 이런 영화를 그다지 좋아하지 않는 것 같더군요."

알고 있다. 우리의 주인공은 이미지와 다르게 귀신을 아주 무서워한다.

'정말이지, 이놈이고 저놈이고…… 이래서 사도와 끝까지 싸울 수는 있으려나.'

쓸데없이 피곤한 기분을 맛보며 집으로 돌아왔고, 그날 늦은 밤── 내 전화기가 울렸다.

『아, 코바야시 이치로. 다행이군요, 아직 안 잤나요.』

"엘미라? 아니, 전화 때문에 깼는데……."

『실은 듀라한 씨가, 제 말 상대를 안 해줘서 말이죠. 자동차 추돌사고 때문에 목이 뻐근하다면서. 대신 이야기라도 나누겠어요?』

"…………."

듀라한도 목이 뻐근해지는구나.

졸리기는 했지만, 일단 듀라한의 사고에 대해 자세히 들어보기로 했다.

18 황룡

히노모리 류가의 몸에는 【황룡】이라는 수호신이 깃들어 있다.

수천 년 전에 대륙에서 일본으로 건너온 존재고, 【백호】 【청룡】【주작】【현무】라는 사신을 권속으로 거느리고 있다. 어쩌면 이 네 마리가 황룡보다 더 유명할지도 모른다.

히노모리 가문은 여러 대에 걸쳐서 【황룡】을 계승해온 가문. 강대한 힘을 가진 【황룡】을 완전히 제어한 자는 지금껏 단 한 명도 없다고 한다.

하지만 그 거친 황룡을 처음으로 길들이는 데 성공한 희대의 거물이 있다.

굳이 말할 필요도 없지만, 바로 우리의 주인공── 히노모리 류가다. 어때, 대단하지.

"이거 봐 이치로! 오늘은 차이나드레스 류가야!"

그런 내 속도 모르고.

당사자인 주인공은 오늘도 또 코스프레 쇼에 푹 빠져 있다. 슬릿 사이로 건강해 보이는 허벅지를 슬쩍 보여주며 손에 들고 있는 깃털 부채를 살랑살랑 흔들고 있다.

"니하오! 나 류가다 해! 이치로, 우롱차 더 마셔라 해!"

신이 나서 엉터리 중국인 연기를 하며 내 잔에 우롱차를 따라주는 류가.

항상 그랬듯이 그저 탄식만 나올 뿐이다. 평소의 이 녀석, 특히 싸울 때의 이 녀석은 정말 늠름하고 멋있는데……난 이런 히노모리 류가를, 가능하다면 안 보고 싶다.

하지만 그런 류가를 환영하는 사람이 하나 있었으니.

"으허어어어! 류가땅 귀여어어어!"

어느새 내 안에서 튀어나온 도철이 엄청나게 흥분해서 갈채를 보내고 있었다.

'쳇, 일어났나. 늦게까지 게임을 했으니까 저녁때까지 잘 줄 알았건만…….'

나는 떨떠름한 표정을 지었지만【마신】은 눈이 하트가 돼서 계속「류가땅」이라고 외치고 있다. 금방 일어난 녀석치고는 아주 힘이 넘친다.

"아, 일어났구나, 도철. 우롱차 어떠냐 해?"

"마신다 해! 그라치에(감사)다 해!"

"그럼, 자 여기."

류가가 자기 잔을 도철한테 주고 페트병을 들어서 우롱차를 따라줬다.

황송하다는 태도로 그 우롱차를 받으면서도, 도철의 시선은 어디 한 점을 응시하고 있었다. 슬릿 사이로 보이는 류가의 허벅지를.

"하아하아…… 류가땅 맨다리…… 맨다리 맨살 맨질맨질……."

도철이 그런 주문을 외우고 있는데.

가자기 류가의 어깻죽지에 작은 뭔가가 나타났다. 그런가 싶더니 뿅, 하고 도약해서 도철의 얼굴에 몸통 박치기를 날렸다.

"그억?"

"규삐!"

전장 30cm도 안 되는, 황금색 빛을 내뿜는 코미컬한 모습의 꼬마 용—— 그것은 류가의 수호신【황룡】이었다.

예전에 몇 번이나【마신】과 싸웠던 거친 용신이다.

원래【황룡】은 전장 20m나 되는 거대한 모습이다. 하지만 완전히 제어가 가능한 류가는 평소에는 이렇게, 수호신을 귀여운 비주얼로 만들어둘 수가 있다. 참고로 류가는【황룡】을 「론땅」이라고 부르고 있다.

"규삐! 규삐! 규삐!"

"아야야야! 뭐야 인마! 해보자는 거냐!"

그 론땅이 도철의 얼굴에 달라붙어 있었다. 짧은 팔다리를 필사적으로 움직이며 숙적의 얼굴을 긁어댄다. 너무나 시시한 배틀이다.

"규삐! 규삐!"

"아야야야! 뭐 하는 거야 이 망할 용! 내가 뭘 어쨌다고!"

"규삐! 규삐!"

"뭐? 따, 딱히 류가땅을 엉큼한 눈으로 본 적 없거든!"

"규삐삐! 규삐규삐!"

"그럴 리가 있냐! 내가 그런 변태로 보여!"

……놀랍게도 커뮤니케이션이 성립되고 있다. 도철과 론땅이 평범하게 대화를 나누고 있다. 어느 나라 말인지는 모르겠지만.

"규삐삐! 규삐규삐!"

"그렇게까지 말할 건 없잖아! 언어폭력이야!"

"규삐규삐 삐규삐!"

"그렇게 나왔단 말이지!"

"규삐−규! 규삐규삐!"

"그, 그렇게 말하면 나도 할 말이 없지만……."

"규삐, 규삐?"

"뭐…… 그건 맞는 말이네."

응. 하나도 모르겠다.

당연히 류가도 모르겠는지, 멍한 얼굴로 【황룡】과 【마신】이 대화하는 모습을 지켜보고 있다.

하지만, 마침내 류가는 어쩔 수 없다는 것처럼 씁쓸하게 웃고는 날 보면서 살짝 어깨를 으쓱거려 보였다.

"뭐, 론땅이랑 도철은 수천 년 동안 알고 지낸 사이니까. 척하면 척이겠지."

그렇게 마무리한 류가는, 역시 희대의 거물이다.

19 차녀 미온

우리 집에는 현재 『나락의 삼공주』라는 사도들이 얹혀살고 있다.

그녀들은 이형의 군단 『나락의 사도』 장군…… 간부급 적 캐릭터다. 그 실력은 류가의 동료인 사신에 필적하고, 예전에도 몇 번이나 주인공 진영과 진심으로 배틀을 벌였다.

백로 미온. 킹코브라 주리. 에조 늑대 키키.

그런 세 명이 어째서 우리 집에서 살고 있느냐 하면……
【마신】 도철에게 충성을 맹세했기 때문이다. 더 나아가서는 도철의 숙주인 나한테 충성을 맹세했기 때문이다.

덕분에 우리 집의 엥겔지수가 크게 상승하고 말았다.

하지만 어쨌거나 여자 세 명과 동거하는 상태니, 나는 항상 상당히 조심하면서 살고 있다.

"이치로 군, 잠깐 장 보러 갔다 올게."

그날. 내 방에 윙~ 하고 청소기를 돌린 미온이 침대에 누워 있는 나한테 그렇게 말했다.

삼공주 중에서 차녀 격 존재인 이 사이드 테일 소녀는 우리 집의 엄마 같은 존재이기도 하다. 지금은 우리 집 통장도 관리하고 있어서, 도철도 감히 고개를 들지 못하는 보스가 됐다.

"오늘은 생선으로 할까 하는데, 괜찮겠어?"

"그래. 무슨 생선인데?"

"음~ 그건 밥 먹을 때보면 알아. 기대해줘."

찡긋 윙크를 하고는 치맛자락을 펄럭이며 방에서 나가는 미온. 학교에 다니는 것도 아닌데 항상 세일러복을 입고 있다. 꽤 마음에 들었나 보다.

'오늘 저녁 반찬은 생선인가. 뭐, 기껏해야 정어리겠지.'

……그날 저녁. 반찬으로 나온 건 은어 소금구이었다.

살을 깔끔하게 잘 떴고, 기름기도 있어서 정말 맛있다. 은어는 절대로 싼 생선이 아니다. 커다란 천연 은어라면 보통 한 마리에 천 엔도 넘을 텐데.

"미온이 만든 음식은 고급 식당에서 내놔도 될 수준이라니까."

"마시쭙니다. 어머니의 마심미다."

주리와 키키도 열심히 젓가락을 놀리고 있다.

참고로 사도들은 인간의 몸으로 변하는 것도 가능해서, 평소에는 셋 모두 인간 모습으로 지내고 있다. 주리는 스물 서너 살. 미온은 열여섯에서 일곱 살. 키키는 네다섯 살 정도의 비주얼이다.

"미온. 오늘 은어 세일이라도 했어?"

"세일은 아니었지만, 식비를 많이 절약했어. 그렇게 아끼는 게 내 실력 아니겠어. 좀 멀리 갔다 와야 하는 게 문제지만"

……다음 날 저녁. 이번에는 민물송어가 나왔다. 그것도

뫼니에르(생선에 밀가루와 버터를 발라서 굽는 프랑스식 요리)로.

그렇게 비싼 생선은 아니지만, 슈퍼에서는 거의 본 적이 없다. 어디 생선가게 단골손님이라도 됐나?

"저기 미온. 내일은 고기로 하면 안 될까?"

"우리 캐릭터도 생각하면 조개쭙니다."

여전히 열심히 먹고는 있지만, 이틀 연속으로 생선이 나오자 약간 불만을 보이는 킹코브라 사도와 에조 늑대 사도. 하긴, 내일도 생선이 나오면 나도 고기가 먹고 싶어지겠지.

장녀와 셋째의 주문에, 둘째는 곤란한 얼굴로 한숨을 쉬었다.

"절약하는 데 좀 협력해줘. 다 같이 정했잖아? 에어컨 수리하기로."

그렇다. 현재 우리 집 거실의 에어컨이 망가진 상태.

그래서 지금도 선풍기만 가지고 무더위를 버티고 있다. 각자 방에도 에어컨이 있기는 하지만, 우리는 기본적으로 자기 전까지는 거실에 모여서 보내는 습관이 있다. 옛날 좋은 시절의 단란한 가족처럼.

……그나저나 미온의 발언이 뭔가 이해가 안 되네.

'절약하기 위해서 계속 생선이라면, 매일 값싼 정어리나 먹어야 하는 게 아닌가? 그리고 멀리 가면 쓸데없이 교통비만 더 들잖아? 대체 어떻게 한 거지…….'

그런 의심은 바로 풀리고 말았다.

"당분간 계속 생선만 나와도 좀 참아줘. 나도 열심히 잡고 있으니까."

……잡는다고?

"저기 미온, 이 생선 어디서 구한 거야?"

"치카산에서. 나라면 금방 날아갔다 오니까."

치카산이란 전철로 열 정거장 정도 가면 나오는 산이다. 등산이나 캠핑하는 사람들한테 인기가 좋은, 우리 지역에서도 유명한 레저 스팟…… 산속 깊은 곳에는 깨끗한 계곡물이 흐르기도 한다.

"민물고기만 나온다 싶더니, 직접 낚아온 거였어?!"

"낚시 같은 귀찮은 짓은 안 해. 하늘에서 물고기를 찾다가, 단숨에 급강하해서 잡는 거야. 백발백중이지."

"함부로 하늘을 날지 마! 그리고 나한테는『장 보러 갔다 올게』라고 했잖아! 산 게 아니잖아!"

"물고기 말고 다른 건 오다가 슈퍼에서 샀거든. 어때? 나 절약 잘하지? 색시로 삼고 싶어지지?"

입이 떡 벌어지는 내 앞에서 의기양양한 얼굴로 가슴을 활짝 펴 보이는 백로 사도. 주리와 키키가 짝짝짝 박수를 쳤다.

……며칠 뒤. 미온이 노력한 덕분에 우리 집 에어컨이 부활했다.

동시에「치카산에서 수수께끼의 비행물체를 목격했다」는 소문이 한동안 세상을 떠들썩하게 했다.

20 장녀 주리

우리 집 식객 중 한 명인 주리는 내가 다니는 오메이 고등학교에서 보건교사 일을 하고 있다.

물론 그녀는 『나락의 사도』라서 정상적인 방법으로 취임한 게 아니다. 다양한 학교 관계자들을 세뇌하는 꼼수를 부려서 잠입한 것이다. 신임 헤비즈카 선생님으로.

나는 지금도 어떻게든 주리를 그만두게 하고 싶다. 하지만 얄궂게도 그녀의 평판은 상당히 좋다.

"주리가 해주는 마사지는 중독될 정도라니까."

……우리의 주인공 히노모리 류가까지 이런 소리를 하고 있다.

"주리가 월급을 받아오는 덕분에 살림을 꾸려나가기가 많이 편해졌어."

……삼공주의 동료인 미온까지 아주 호의적이었다.

'뭐, 열심히 일한다는 건 인정하지만…….'

어느 날. 팔꿈치가 까져서 쉬는 시간에 보건실로 갔다.

"어머나 이치로 님. 무슨 일이신가요?"

흰 가운을 입은 블론드에 키가 큰 미녀가 싱긋 웃으면서 맞이해줬다. 마침 다른 학생이 없어서 그녀의 태도는 「헤비즈카 선생님」에서 「주리」로 돌아왔다.

"팔꿈치가 까졌거든. 반창고 있어?"

"어머나 큰일이네요. 바로 빨간약을."

갈색 약품을 거즈에 적시고 내 팔꿈치에 대는 헤비즈카 선생님. 좀 더 쓰릴 줄 알았더니, 솜씨가 좋아서 하나도 안 아팠다.

"하는 김에 집게손가락도 부탁해도 될까? 어제 복사용지에 살짝 베였거든."

"어머나 큰일이네요. 그쪽에도 빨간약을."

"그리고 파스 있어? 아까 발목 접질렸거든."

"어머나 큰일이네요. 당연히 빨간약을."

"배도 좀 아픈데."

"어머나 큰일이네요. 말할 필요도 없이 빨간약을."

"온몸에 독이."

"어머나 큰일이네요. 모두가 좋아하는 빨간약을."

"그리고——"

"빨간——"

"아무 데나 빨간약으로 끝내려고 들지 마!"

결국 참지 못하고 한마디 하고 말았다.

중간부터 장난치고 있다는 걸 알아차리기는 했지만, 그래도 받아줬거든. 날 칭찬해줘도 된다.

"너, 빨간약을 엘릭서라고 착각하는 거 아냐! 이건 상처를 살균, 소독하는 약이라고!"

"우후후. 모르셨어요? 미인 보건교사가 발라주는 빨간약에는 만능의 효과가 있어요."

"어디서 주워들은 정보인데! 견문이 적어서 그런 건 몰라!"

"조금만 더 바르게 해주세요. 빨간 것."

"바르긴 뭘 더 발라! 그리고 『빨간 것』은 또 뭔데!"

내가 열심히 딴죽을 걸어대고 있는데.

갑자기 드르륵하고 문이 열리더니 여학생 한 명이 들어왔다. 유난히 안색이 안 좋고, 손으로 입을 막고 있다.

"죄송한데요. 헤비즈카 선생님…… 몸이 안 좋은데…… 잠깐 누워 있어도 될까요……."

"어머나 정말로 큰일이네. 자, 내 어깨 잡고."

바지런하게 다가가서 여학생을 침대에 데려가는 주리.

「정말로」는 무슨 뜻이야. 내 상처는 큰일이 아니었다는 건가.

"아침밥은 먹었고? 잠은 충분히 잤어? 혹시 고민이 있으면, 할 수 있는 얘기라도 좋으니까 나한테 해봐."

"고맙습니다. 헤비즈카 선생님……."

"일단 열부터 재볼게. 그리고 냉장고에서 스포츠음료를……."

척척 움직이는 주리는 틀림없는 보건교사다.

그녀의 평가가 높은 것은 결코 어른의 색기 때문만이 아니다. 학생들을 친근하게 대하고, 몸은 물론이고 마음도 케어 해주려고 노력하기 때문이다.

'이런 모습을 보면 그만두라는 말을 할 수가 없다니까.'

그런 생각을 하고 있는데. 냉장고 문을 연 주리가 "앗" 소리를 냈다.

"이런, 스포츠음료가 떨어졌네. 코바야시 군, 빨리 사다 줘! 2초 안에 갔다 와!"

"이미 2초 지났어! 분명히 말해두는데 나도 팔꿈치 다쳐서 왔거든!"

"그냥 까진 거잖아! 나한테는 학생을 치료할 의무가 있어!"

"나도 학생이야!"

"넌 이미 치료했잖아! 뭐였더라, 약 같은 것도 발라줬잖아!"

"요오드팅크, 빨간약! 그렇게 말해놓고 까먹은 거야!"

"됐으니까 갔다 와! 돈은 알아서 하고!"

크나큰 부조리를 느끼며, 나는 매점으로 뛰어갔다.

역시 어떻게든 주리가 보건교사를 그만두게 해야겠다고…… 다시 한번 통감하면서.

21 셋째 키키

우리 집에 묻어 사는 『나락의 삼공주』 중 한 명인 키키는, 괴수 소프트 비닐 인형을 모으는 취미가 있다.

매주 토요일 저녁에 방송하는 『스펙터클 맨』이라는 특촬 프로그램…… 소위 말하는 거대 히어로가 괴수와 싸우는 작품인데, 키키는 거기에 등장하는 괴수들의 엄청난 팬이다.

이런 작품의 귀찮은 점은 소프트 비닐 인형이 계속 발매된다는 것이다.

당연히 이 『스펙터클 맨』도 예외가 아니라서, 괴수가 매주 두 마리씩 발매되고 있다. 우리 같은 보호자에게는 거의 괴롭힘에 가까운 짓이다.

"이치로 남작. 이게 지저 괴수 벨베론임미다."

어느 날 저녁 식사를 마치고, 나는 거실에서 키키의 「괴수 강의」를 듣고 있었다.

장난감 상자에서 괴수 소프트 비닐 인형을 한 마리씩 꺼내서 전장, 체중, 특징, 작중 에피소드 등을 뜨겁게 말하는 바가지머리 소녀. 눈이 반짝반짝 빛나고 있다.

"이쪽은 빙하 괴수 우쟈란가임미다. 전장 60m, 체중 2만 톤임미다."

"입에서 냉동 가스를 뿜는다고 했지."

"이어서 우주 괴수 도라기고임미다. 전장 63m, 체중 3만

톤임미다."

"뿔에서 파괴광선을 발사하지."

"다음은 집열 괴수 부노게노스임미다. 전장 61m, 체중은 그러니까……."

"2만 7천 톤이야. 꼬리가 마그마라서 스펙터클 맨도 고생했었지."

"대단함미다 이치로 남작. 어느새 기억해쭙니까?"

당연히 기억하지. 이 괴수 강의 벌써 여섯 번째니까.

게다가 키키는 틈만 나면 녹화한 영상을 다시 틀어서 봤다. 지금 우리 집 거실에 있는 레코더는 거의『스펙터클 맨 재생기』가 돼버렸다.

상당한 빈도로 같이 시청한 덕분에 나도 완전히『스펙터클 맨』에 대한 조예가 깊어지고 말았다. 학교 교과목으로 삼아줬으면 싶을 정도로. 만점 받을 자신이 있다.

"이치로 남작. 더, 더, 괴수를 좋아하는 검미다. 그리고 키키한테 소프트 비닐 인형을 잔뜩 사주는 검미다."

"네가 괴수 강의를 하는 건 나를 같은 편으로 만들려고 한 거냐……."

지정했더니 키키가 "에헤헤"하고 웃었다.

그걸 나무랄 생각은 없다. 순수하면서도 계산적…… 아이들이란 그런 법이다. 나도 어릴 때는 그랬으니까.

"왜냐하면, 이치로 남작밖에 믿을 사람이 없슴미다. 미온한테 부탁해도 절대로 안 사줌미다.『벌써 여러 개 가지고 있잖아?』라든지 『얼마 전에 사줬잖아?』라고 하면서…… 정말이지 미온은 냉혈 괴수 새 할멈임미다."

거실에 본인이 없는 틈을 노려서 키키가 그런 폭언을 했다.

참고로 미온은 부엌에서 설거지를 하고 있다. 주리도 목욕하러 갔고 【마신】도 자고 있어서 거실에는 우리 둘뿐이다.

"냉혈 괴수 새 할멈이라. 전장 약 160cm, 체중은 불명이지. 특기는 잔소리인가?"

"그리고 시금치 공격임미다. 자꾸 저녁 반찬으로 내놓습미다."

그렇게 말하고, 나와 키키는 킥킥 웃었다. 아무리 스펙터클 맨이라고 해도 새 할멈한테는 고생하겠지.

"주리는 뭘까."

"외설 괴수 뱀 찌찌임미다. 특기는 미안(美顔) 마사지입니다. 매일 밤 하고 이쭙니다."

"텟짱은?"

"야행성 괴수 겜텟임미다. 맨날 밤새워서 게임을 함미다."

꽤 괜찮은 네이밍 같다. 이 바가지머리 꼬마가 평소에 다른 사람들을 어떻게 보고 있는지…… 그걸 알게 될 좋은 기회인지도 모른다.

"그럼 류가는?"

"양성 괴수 오카마곤입니다. 남자인지 여자인지 모를 드래곤임미다."

"유키미야는?"

"천연 괴수 돈킹코임미다. 세상 물정 무르는 부자임미다."

"아오가사키 선배는?"

"검술 괴수 궁디리나임미다. 의외로 엉덩이가 큼미다."

"엘미라는?"

"흡혈 괴수 히스파이어임미다. 히스테릭한 뱀파이어임미다."

"그럼, 난?"

"괴수한테 밟히는 불쌍한 아저씨임미다."

"…………."

그 뒤에. 나는 거실로 돌아온 미온과 주리를 미묘한 표정으로 맞이했다.

"자, 오늘 디저트는 포도야."

"하아, 목욕 잘 했다."

"어라? 왜 그래 이치로 군. 포도 싫어해?"

"그럼, 이 주리가 먹을까요."

괴수 취급받은 줄도 모르고 그대로 담소를 시작하는 차녀와 장녀. 셋째는 아무 일도 없었다는 것처럼 뻔뻔한 얼굴로 포도를 우걱우걱 먹고 있다.

아니, 뭐, 아저씨 역할도 좋은데 말이야……

그 분위기대로 가면 나도 괴수로 해줘도 되지 않을까?

22 조정역

류가의 동료 캐릭터인 사신의 계승자들은 말할 필요도 없이 전부 미소녀다.

학교의 아이돌인 『축명의 무녀』 유키미야 시오리. 수호신은 【백호】.

일동의 리더 같은 존재인 『참무의 검사』 아오가사키 레이. 수호신은 【청룡】.

심홍색 머리카락의 흡혈귀, 『상암의 혈족』 엘미라 매카트니. 수호신은 【주작】.

류가의 소꿉친구인 권법가, 『성벽의 수호자』 쿠로가메 리나. 수호신은 【현무】.

그중에 아오가사키 선배와 엘미라는 소위 말하는 말다툼 친구라는 사이다. 근엄 성실한 아오가사키 선배와 변덕스러운 엘미라…… 성격이 정반대다 보니 항상 말다툼이 끊이지 않는다.

"엘미라, 아까 그 완만한 보조는 뭐냐. 내 공격과 하나도 안 맞았다."

사도를 깔끔하게 쓰러트리고 돌아가는 길에 있었던 일이다.

아오가사키 선배가 오늘도 엘미라에게 잔소리를 시작했다.

"집중력이 좀 부족한 건 아닌가? 병졸급 사도라서 다행이지. 방심은 큰 부상으로 이어진다."

"어머나. 그렇다면 레이 씨가 맞추면 되는 게 아닌가요? 제 움직임에."

"나는 전위, 시오리는 후위, 그리고 너는 중위다. 나한테 맞추는 것이 도리가 아닌가."

"그런 포메이션을 누가 정했나요? 그거야말로 도리에 어긋나는 일이겠죠."

점점 삐걱대는 분위기 속에서 류가와 유키미야가 "또야"라며 한숨을 쉬었다.

참고로 쿠로가메 양은 이 자리에 없다. 듣자 하니 아침에 상한 날달걀을 먹고 식중독에 걸렸다는 것 같다.

뭐, 거북이가 없는 건 일상다반사니까 신경 쓸 필요는 없다. 그건 그런 캐릭터다.

"애당초 교복 입은 꼴이 그게 뭐냐. 블라우스 자락은 집어넣어라. 타이를 풀지 마라. 복장이 흐트러지면 마음도 흐트러진다."

"그쪽이야말로 역 승강장에서 목도 휘두르는 것 좀 그만두시면 안 될까요? 우산으로 골프 연습하는 샐러리맨도 아니고."

"너야말로 전투 중에 사탕 먹지 마라. 그리고 방 좀 치워라."

"그렇게 착실한 사람이면 메시지 보낼 때 이모티콘 좀

쓰지 말아 주시겠어요? 그리고 돈가스에 간장 뿌리는 짓도 그만두시면 좋겠는데요?"

"새벽 2시까지 TV 보지 마라!"

"아침 다섯 시에 기상하지 말아 주시겠어요?"

"덥다고 알몸으로 자지 마라!"

"당신이야말로 어째서 티백 팬티를 입는 건가요!"

……뭔가 적나라한 폭로 대회가 돼가고 있다. 누가 이기건 대미지가 막대할 것 같은데.

그런 두 사람을 보고, 류가가 어쩔 수 없다는 것처럼 씁쓸하게 웃었다.

"어쩌네 저쩌네 해도, 집에 놀러 가서 같이 잘 정도로 친하다는 뜻이겠지."

분명히 맞는 말인데, 그렇게 살벌한 모임은 싫다. 기본적으로 둘 다 고집쟁이라서 상대한테 굽히지 않는 게 가장 큰 문제다.

'두 사람이 자고 오는 모임을 할 때는, 조정역이 필요할 것 같은데…… 저러다간 배틀이 벌어지겠어.'

내가 그런 걱정을 하는 사이에, 아오가사키 선배와 엘미라가 결국 드잡이질을 시작하고 말았다.

"엘미라! 네 삐뚤어진 근성, 지금 이 자리에서 바로잡아 주마!"

"레이 씨야말로! 당신의 우직한 근성, 조금 틀어지게 해 주겠어요!"

안 되겠다. 이건 말려야겠다고── 나와 류가가 움직이려는 순간.

"그만 좀 하세요."

유키미야가 일갈하면서, 두 사람의 머리를 붙잡고 박치기를 시켰다.

"말했을 텐데요? 손을 대는 건 안 된다고. 룰을 어기면 제가 화낼 겁니다."

지금 손을 댄 것 같은데.

"또 그날 밤 같은 꼴을── 당해도 좋으신가요?"

허리에 손을 얹고 말한 『축명의 무녀』에게, 두 사람은 "죄송합니다"라고 말하며 물러났다.

……그렇구나. 역시 조정역이 있었구나. 그 모임에는 유키미야도 있었던 모양이다.

그런데 새로운 의문이 생겨났다. 유키미야의 이능력은 주로 보조적인 것들…… 아무리 생각해도 아오가사키 선배와 엘미라를 힘으로 막을 수는 없을 텐데.

"저기 시오리. 레이 선배랑 엘한테 어떻게 한 거야?"

나 대신 류가가 물어보았다.

그러자 유키미야는 평소대로 가련한 미소를 지었다.

"대단한 일은 아니에요. 엘미라 씨의 방에 아주 훌륭한 관상식물이 있는데…… 그걸로 두 사람을 구속해드렸죠."

유키미야 시오리에게는 수목(樹木)을 조종하는 「수박살」이라는 필살기가 있다. 서포트 위주인 유키미야다운 능력이기는 한데, 그 포박은 사도조차도 탈출하지 못할 정도로 강력하다.

"그 뒤에, 움직이지 못하는 두 사람을 간질간질…… 그랬더니 웃으면서 울었고, 마지막에는 빈 껍질처럼 돼버려서 푹 잠들었어요."

그때 일을 떠올렸는지 얼굴이 창백해진 『참무의 검사』와 『상암의 혈족』. 푹이 아니라 축이 아니었을까.

"괜찮으시다면 다음에 히노모리 군과 코바야시 씨도 해보시겠어요? 꽤 재미있고, 은근히 중독되거든요…… 후후, 우후후후."

그날, 나는 깨달았다. 사신 히로인즈의 진정한 역학관계를.

자애의 무녀에게, 의외로 S의 일면이 있다는 것도.

23 쿠로가메 양

히로인즈 중 한 명인 『성벽의 수호자』 쿠로가메 리나는 약간 특수한 캐릭터다.

류가의 소꿉친구에다 체격이 작고 짧은 쇼트커트 머리, 사신 중에서도 굴지의 전투력을 지닌 권법가…… 하지만 그녀는 기본적으로 이야기에 엮이려 하지를 않는다.

그래서 내가 생각한 「스토리 플랜」도 번번이 쿠로가메 때문에 부서지고 말았다.

기다리면 나타나지 않고, 플랜에서 제외하면 나타난다. 그런 주제에 류가가 여자라는 걸 처음부터 알고 있기도 하고.

상당히 다루기 힘든 이레귤러—— 그것이 쿠로가메 리나다.

『아, 어서 와! 바로 문 열어줄 테니까 조금만 기다려!』

그날, 나는 류가가 가자고 해서 쿠로가메의 저택에 놀러 왔다.

인터폰에서 들려온 그녀의 목소리가 시키는 대로 잠시 문 앞에서 기다렸다. 역시나 히노모리 가문 이웃답게, 쿠로가메네 집도 무가 저택처럼 광대한 땅을 보유하고 있다.

"사실 리나네 집은 여기서 조금 떨어진 데도 땅이 있어. 그쪽은 도장이지만."

나도 안다. 「쿠로가메류 아케론 권」…… 쿠로가메네 집은 의문의 권법 도장 당주다.

참고로 '아케론'이란 백악기 후기에 서식했던 거대한 육식 바다거북이다. 대체 무슨 정신으로 유파 이름을 이렇게 지었는지 신기할 지경이지만, 외국에도 지부가 있을 만큼 문하생들이 많다는 게 더더욱 신기할 따름이다.

'그나저나 오래 걸리네, 쿠로가메 녀석…… 문에서 집까지 그렇게 멀리 떨어져 있나?'

인터폰으로 '기다려'라고 말한 지 대략 5분은 지났다. 히노모리 가문 정원도 넓기는 넓은데, 그래봤자 문에서 20~30초 정도란 말이야…….

"기다렸지! 자, 들어와!"

거기서 1분을 더 기다리자, 겨우 문이 열렸다.

나타난 사람은 당연히 쿠로가메 리나. 도복에 스패츠를 입은, 여고생인데도 멋이라는 개념은 한 조각도 찾아볼 수 없는 차림새였다.

아니, 그건 좋다. 문제는 따로 있었다.

어째서인지 그녀는── 거대한 거북이에 타고 있었다.

"네가 무슨 우라시마 타로냐!"

나도 모르게 그렇게 한마디 하고 말았다.

이 칠흑의 거북이는 결코 쿠로가메의 애완동물이 아니다. 글쎄 이 거북이, 꼬리가 뱀인걸.

이 거북이는 쿠로가메의 수호신, 사신 중 하나인【현무】다.

"등장하면서부터 적극적으로 푼수 짓 하지 말라고! 왜 수호신에 라이드 온 하고 있는데!"

"아하~ 문까지 6분이나 걸렸네."

"그야 거북이에 타면 오래 걸리지! 평범하게 걸어와!"

"그렇지만, 가끔은 가메오 군한테도 운동을 시켜줘야지. 아니, 다이어트려나? 배틀에서도 엄청 느리고."

"거북이니까 어쩔 수 없잖아! 그리고 그 가메오라는 이름, 힘이 쪽 빠지니까 하지 마! 그 녀석, 일단은 성수라고!"

소리를 질러대는 나한테 류가가 "성수를 『그 녀석』이라고 부르는 것도 좀 그런 것 같은데"라고 한 마디 해줬다.

"에~ 뭐 어때 귀엽잖아. 얘. 딱 봐도 가메오처럼 생겼고."

"좀 더 수호신에게 어울리는, 엄숙한 이름을 지어주라고!"

"느리링이라든지?"

"어디가 엄숙한데!"

"가메라?"

"안 돼! 고소당해!"

"뭐, 생각해볼게! 그럼 돌아가자 가메오 군! 꼬물스케!"

"꼬리에 달린 뱀 이름도오오!"

고함을 지른 날, 류가가 달래줬다. 이제 겨우 문 앞인데, 난 대체 얼마나 칼로리를 소모해야 하는 걸까.

"자, 자, 이치로. 난 가메오 군이랑 꼬물스케도 좋은 것 같거든? 애교도 중요하지 않을까."

"네【황룡】. 론땅이지."

"괘, 괜찮아! 귀여운 게 제일이거든!"

볼이 뿌~ 하고 빵빵해진 주인공과 깊은 한숨을 쉬는 주인공 캐릭터.

그런 우리를 내버려 두고, 가메오 군한테 절찬 라이드 온 상태인 쿠로가메 양이 집을 향해 천천히 걸어갔다. ……그러더니 조금 있다가.

"아~ 진짜! 느려! 너무 느려 가메오 군!"

【현무】의 슬로우한 걸음걸이를 견디지 못하고, 그 등에서 폴짝 뛰어내리는 쿠로가메 양. 그런가 싶더니 오히려 자기가 가메오 군을 업고서 그대로 뛰어갔다.

"에잇~! 빠르지 가메오 군! 어때, 배틀에서도 이러면 되는 거야! 내가 네 발이 돼줄게!"

……저 작은 몸 어디에 저런 힘이 숨어 있는 걸까. 그나저나 대체 누가 누구를 수호하는 건지 모르겠다.

한없이 특수하고 이레귤러한 쿠로가메 양이었다.

24 가족회의

"너희들. 잠깐 와서 앉아봐."

그날 저녁을 먹은 뒤에. 나는 삼공주를 거실에 붙잡아놓고 굳은 얼굴과 말투로 그렇게 말했다. 과식해서 치밀어 올라오는 트림을 참으면서.

"지금부터 우리 집의『제1회 가족회의』를 시작한다."

"뭐야 그게. 이치로 군, 갑자기 왜 그래?"

불성실하게 잡지를 읽으면서 듣고 있는 미온.

"빨리 목욕하고 싶은데요."

건방지게 식후 요가를 하면서 불평을 늘어놓는 주리.

"TV 보고 싶으니까 빨리 끝내주십쩌요."

예의 없게 누운 채로 괴수 소프트 비닐 인형을 가지고 노는 키키.

……하긴. 지금까지 가족회의라는 걸 한 적이 없으니 이런 반응도 무리는 아니지. 사실 회의는 그냥 생각나서 한 얘기니까.

사실 나는 어젯밤에 어떤 홈드라마를 시청했다.

일가의 가장인 아버지가 가족회의에서 확실하게 가장의 위엄을 보여줘서, 제멋대로 굴던 가족들을 하나로 뭉치게 하는…… 같은 가장으로서, 큰 감명을 받았다.

그 명장면을 재현하기 위해, 나는 "어흠" 헛기침을 하고 큰 소리로 말했다.

"하나아! 코바야시 가문 가훈! 아무리 집이라고 해도 칠칠찮은 꼴은 안 된다! 네 얘기다 키키!"

"의외임니다. 키키는 잘하고 이쭙니다."

"그 오른발에 양말은 뭐냐! 벗을 건지 말 건지 확실히 해라! 그건 불쾌감을 주는 짓이다!"

"일부러 하는 겁니다. 이게 기분이 좋쭙니다."

정말로 기분이 좋은지 아닌지, 가장으로서 직접 확인해 봤다. ……음, 생각보다 편하네. 그럼 됐고.

"하나아! 코바야시 가문 가훈! 식사할 땐 염분을 적게! 과식하지 말 것! 네 얘기다, 미온!"

"뭐? 나, 나 말이야? 소금 간은 잘 맞췄을 텐데. 소금도 저염분을 썼고. 과식은 이치로가 했잖아."

그 말을 들은 순간, 참지 못하고 트림을 해버리고 말았다. 하긴, 간은 딱 맞았다. 그래서 과식했다. 그럼 됐고.

"하나아! 코바야시 가문 가훈! 식사는 가족이 다 모여서! 어제 식사 시간까지 집에 오지 않은 자가 있다! 네 얘기다, 주리!"

"그건 미리 말한 대로 직원회의가 길어졌기 때문이에요. 2학년에 한 사람, 여름방학 숙제를 거의 안 한 열등생이 있어서…… 그 학생을 어떻게든 감싸주느라고."

"회의가 길어진 건, 그 열등생 때문인가!"

"예. 이치로 님 때문이에요."

왠지 그럴 것 같기는 했지만, 역시 내 얘기였나. 그럼 됐고.

"오늘 이치로 남작이 좀 이상함미다."

"그러게. 갑자기 어울리지도 않는 소리를 하고."

"혹시 머리라도 부딪쳤나요?"

약간 걱정하는 얼굴로 날 보는 삼공주.

어쩔 수 없지, 간단히 취지를 설명하기로 했다.

"아니, 그게, 뭐냐…… 너희랑 산지도 꽤 됐잖아? 난 친구 캐릭터인 동시에, 집에서는 가장 캐릭터 역할을 해야 하는 게 아닌가 싶어서……."

"…………."

"알았지, 우리는 가족이다. 설령 부딪치는 일이 있다고 해도, 이해를 뛰어넘은 무상의 유대로 맺어져 있다! 그리고, 그것을 하나로 모으는 것은 바로 이 몸이다!"

드라마 대사를 그대로 말했더니, 어느샌가 삼공주가 자세를 바로잡고 있었다.

다들 얌전한 표정으로, 눈이 촉촉해져서 날 보고 있다. 그래, 이거야! 이거야말로 내가 바라던 전개야! 드라마하고 똑같아!

"이치로 남작. 키키가 잘못해쪙니다. 정신이 번쩍 들어쪙니다."

"맞아. 우리, 모르는 사이에 마음이 엇갈려가고 있었던 것 같아."

"지금까지도 가족이 힘을 합쳐서 잘 해왔으니까. 앞으로도 마찬가지예요."

삼공주의 말을 듣고 고개를 크게 끄덕거린 뒤에 자리에서 일어났다. 이 상황에서, 마무리 대사다!

"이해했느냐 너희들! 좋다, 내 말을 복창해라! 서로 믿고, 서로 용서하고, 서로 북돋아 주는! 그것이 가족이라는 것──"

거기서 나는, 갑자기 말을 멈췄다.

키키가 소프트 비닐 인형으로 놀고 있다. 미온이 잡지를 읽고 있다. 주리가 요가를 하고 있다.

"드라마랑 다르잖아아아아아아아!"

탁자를 뒤집어버릴까 했지만, 드라마에 나오는 밥상처럼 가벼운 게 아니라서 포기했다. 그런 나한테, 삼공주가 말했다.

"이치로 남작. 마지막에 『서로 북돋아 주는』이 아니라 『서로 인정하는』임미다."

"그 드라마, 꽤 재미있지."

"그러게. 다음 편이 기대돼."

……너희도 보고 있었냐.

그러면 됐고.

25 극복

　우리의 주인공 히노모리 류가는 귀신을 무서워한다.

　이형의 괴물들과 싸우는 주제에 무슨 소리를 하는 거야…… 하고 생각했지만, 사도와 괴물은 별개라고 한다. 괴수와 공룡만큼 다르다는 것 같다.

　그리고 날 숙주로 삼고 있는【마신】도철도 귀신을 무서워한다.

　자기도 귀신이랑 비슷한 존재인 주제에 무슨 소리를 하는 거야…… 하고 생각했지만, 똑같이 취급하지 말라고 한다. 소면과 실국수만큼 다르다는 것 같다.

　우연히도, 그리고 귀찮게도, 둘이 동시에 「이대로는 안 되겠다」는 각오를 했고, 또 동시에 「귀신을 극복하고 싶다」면서 나한테 상담했다.

　"이치로, 나와 같이 특훈을 해주지 않을래? 나는『신룡의 계승자』…… 언제까지고 귀신을 무서워할 수는 없잖아."

　"나리, 저랑 같이 특훈 좀 해주십쇼. 저는 최강의【마신】, 언제까지고 이나가와 준지*가 나올 때마다 TV 채널을 바꿀 수는 없지 않겠습니까."

　그렇게 해서 우리가 찾아온 곳은 역 빌딩 꼭대기 층. 지금

　*일본의 방송인. 괴기, 심령 현장을 찾아가는 프로그램이 유명하다.

143

여기서 기간 한정으로 「귀신의 집」 행사가 열리고 있다. 평판이 꽤 괜찮고 다시 찾아오는 사람도 많다고 한다.

무사히 출구까지 도착하면 그건 공포를 극복했다는 의미가 된다…… 는 것이 두 사람의 주장인데, 과연 그럴까.

"……좋았어. 가자 이치로, 도철."

"예이! 힘냅시다, 류가 땅!"

입구 앞에 서서 도전자처럼 귀신의 집을 바라보는 류가와 도철.

참고로 도철은 모자와 마스크를 써서 간단히 변장하게 했다. 나랑 똑같이 생긴 탓에 다른 사람들의 시선을 끌지 않도록.

"귀신이라고 해도 어차피 만들어낸 것…… 이걸 무서워하면 말도 안 되지."

"겨우 인간 따위가 만든 장치에 겁을 먹으면, 사흉의 체면이 말이 아니라고."

……말은 용감하게 하고 있지만, 안에 들어가려고 하지는 않는 둘.

그러는 사이에도 다른 손님들이 우리를 앞질러서 안으로 들어갔다. 그중에는 초등학생도 있었다.

"……좋았어. 가자 이치로, 도철."

"예이! 힘냅시다, 류가 땅!"

"겨우 인간 따위가 만든 장치에……."

똑같은 대사를 여섯 번 들었을 때, 완전히 질려서 두 사람을 재촉했다.

"이봐, 언제까지 입구에 서 있을 거야. 빨리 들어가자고."

두 사람의 등을 툭 떠밀자 류가와 도철이 동시에 "히악!" 하고 비명을 질렀다.

"뭐, 뭐 하는 거야 이치로! 아직 마음의 준비를 하는 중인데!"

아직도 못 한 거냐. 마음의 준비.

"방귀 나올 뻔했잖습니까! 저, 깜짝 놀라면 나온다고요!"

알 게 뭐야. 네 몸의 시스템 따위.

"벌써 15분이나 지났거든? 이래서 특훈이 되겠어?"

······그 뒤로 3분이 더 지나서, 두 사람이 겨우 각오를 다졌다. 쭈뼛쭈뼛, 동시에 한 걸음씩 내디딘, 그 순간.

안에서 손님의 "꺄아아아아악!" 하는 비명이 들려왔다.

바로 류가와 도철이 딱, 하고 발을 멈췄다. 말 그대로 딱, 하고.

"······도철. 먼저 들어가."

"아뇨, 무슨. 류가 땅이 먼저 가시죠. 레이디 퍼스트니까."

"지금의 나는 남자니까 신경 써주지 않아도 돼. 자, 어서."

"아니, 아닙니다. 저한테 류가 땅은 언제든 여자니까요. 자, 어서."

이 자식들, 문 닫을 때까지 이러고 있을 생각은 아니겠지.

"됐어! 나 먼저 간다!"

그렇게 말하고 성큼성큼 입구 쪽으로 걸어갔다. 두 사람이 서둘러 따라왔고, 각자 내 팔을 하나씩 붙잡았다.

"이치로. 제발 부탁이니까 떨어지면 안 돼. 남자 친구니까, 꼭 지켜줘—— 어라?"

그때, 류가가 주머니에서 휴대전화를 꺼냈다. 전화가 온 것 같다.

"시오리 전화네. 잠깐만. 여보세요…… 뭐, 사도가 나타났다고? 알았어, 바로 갈게!"

전화를 끊은 류가가 바로 날 쳐다봤다.

"이치로 미안하지만, 특훈은 중지야. 시오리가 『나락의 사도』와 마주쳤다는 것 같아."

"그래, 들었어. 빨리 가."

당연한 얘기지만 그쪽을 우선해야 한다. 특훈은 언제든 할 수 있으니까.

"정말이지, 그놈들도 질릴 줄을 모르네요. 이런 때에 나타나 주다니."

나타나 「주다니」는 뭔데.

"나리! 저희도 갑시다요! 왕의 특훈을 방해해 주다니 용서 못 한다!"

방해해 「주다니」는 뭐냐고.

내가 뭐라 하기도 전에 두 사람이 귀신의 집에서 뛰쳐나갔다. 도망치는 토끼같이.

두 사람의 성적은 입구를 지나 약 1m가량. 당연히 귀신은 하나도 못 봤다.

참고로 이 귀신의 집, 입장료는 한 사람당 600엔. 돈을 냈으니, 총 1,800엔이다.

귀신이 돼서 원망해주마.

26 전형적인 라이벌 관계

배틀물에는 몇 가지 「클리셰」가 존재한다.

그중에서도 거의 확실하게 등장하는 클리셰는 주인공 쪽과 적 쪽에서 숙명의 라이벌 관계가 되는 캐릭터가 등장한다는 점이다.

히노모리 류가가 주인공인 이 이야기에서도 예외는 아니다. 내가 봐온 한에서도, 비교적 자주 엮이는 조합이라는 게 있다고 할 수 있다.

아오가사키 레이와 미온. 유키미야 시오리와 주리. 엘미라 매카트니와 키키가 그랬다.

특히 현저한 건 아오가사키와 미온. 이 둘은 서로를 엄청나게 의식하고 있다. 몇 번인가 같이 싸운 적도 있지만, 일단 얼굴만 마주치면 불꽃이 튈 정도로 으르렁대는 사이다.

……그래서, 지금 난, 상당히 난처하다.

카페 카운터 자리에서 아이스커피를 마시고 있는데—— 오른쪽에는 아오가사키 선배가, 왼쪽에는 미온이 앉아 있었다.

'이 찌릿찌릿한 분위기, 어떻게 좀 해주면 안 될까…….'

이런 상황이 벌어진 건, 약간의 불운 때문이다. 우연히 아오가사키 선배와 시내 순찰을 하다가, 슈퍼에서 나온 미온과 딱 마주쳤다.

일촉즉발 상태인 두 사람을 필사적으로 달래며 "일단 차라도 마시자. 응?" 하고 제안했고…… 우리는 지금 여기에 있다. 원치 않은 일이지만 돈은 내가 내고.

"이치로 군. 나 말이야, 말차 오레는 상당한 사도(邪道)의 음료라고 생각해. 동서양의 균형을 무너트려 버린다고나 할까."

미온이 그런 말을 했다. 아오가사키 선배가 마시고 있는 말차 오레를 노려보면서.

"코바야시는 『차라도 마시자』고 했다. 그렇다면 차 종류를 주문하는 것이 도리. 멜론 소다 따위를 주문하는 놈에게 그런 말을 듣고 싶지는 않다."

아오가사키 선배가 지지 않겠다는 것처럼 받아쳤다. 미온이 마시고 있는 멜론 소다를 노려보면서.

"말차 오레와 스트로베리 파르페를 같이 먹는 것도 제정신을 가진 사람이 할 짓이 아니야."

"멜론 소다와 찰떡 빙수를 같이 먹는 쪽이 더 이상하다. 동서양의 균형은 대체 어디로 갔나."

참고로 그 디저트도 내가 샀다. 차만 마시고 끝나지 않았다.

"이제 곧 저녁 먹을 시간인데, 설마 샌드위치까지 주문할 줄이야. 틀림없이 살찔 거야. 『참무의 검사』."

"팬케이크를 주문한 녀석이 할 말은 아닐 텐데. 너야말로 살찔 거다, 남장 미온."

군이 말할 필요도 없지만, 그것도 내가 계산했다. 좀 자제해줬으면 싶다.

"난 이치로 군이랑 같이 먹으려고 주문했어. 자, 이치로 군, 앙~."

다른 사람이 주는 한 입은 왜 이렇게 맛있는 걸까. 내 돈이지만.

"나도 코바야시와 같이 먹으려고 주문했다. 자, 코바야시, 입을 벌려라. 병아리처럼!"

아오가사키 선배가 내민 샌드위치도 덥석 물었다.

그랬더니 입안에서 팬케이크와 섞이면서 이상한 맛이 되어버렸다.

"자 이치로 군, 빙수도 먹어. 앙~."

"코바야시, 내 파르페도 나눠주겠다. 앙~ 해라."

두 사람의 숟가락이 동시에 내 입속으로 쳐들어왔다.

아직 팬케이크와 샌드위치도 씹는 중인데…… 너무 뒤섞여서 뭐가 뭔지 모를 맛이 돼버렸다.

하지만 가만히 받아들이는 수밖에 없다. 어린 새는 부모가 가져다주는 먹이를 선택할 수 없으니까.

"아, 그렇지. 젤리도 있어. 앙~."

"나도 껌을 가지고 있다. 앙~."

이봐요 어미 새들. 지금 날 괴롭히는 건가요.

"멜론 소다도 마실래? 자, 쪽~ 하고."

"말차 오레도 어떤가. 쪽~."

정신을 차려보니 나는 아기 새가 아니라 다람쥐처럼 돼 있었다. 볼이 빵빵하게 부푼.

"어때? 맛있어?"

두 사람이 물었지만 말을 할 수가 없다. "우음"이라고 대답하는 게 고작이다.

"나눠 먹으면 꽤 많이 먹을 수 있네. 아오가사키, 그쪽도 팬케이크 먹을래? 꽤 맛있어."

"그럼 나도 샌드위치를 주마. 절품이다."

"여기 메뉴에 있는 망고 무스라는 거, 좀 궁금했는데……맛있으려나."

"나는 이 생 초코 타르트가 궁금하다."

"사주는 거니까, 주문할까."

"음. 같이 먹어보자."

잠깐만. 이젠 내가 어미 새가 된 거 아냐? 아기 새가 먹다 남긴 음식을 처리하는 거야? 라고 따지고 싶었지만 "우음"이라는 말밖에 못 했다.

"그러고 보니 아오가사키. 이번 달 잡지 봤어? 가을 트렌드 특집."

"그래. 따뜻한 색 계열의 니트 카디건이 인기라고 하던데……."

날 사이에 두고 그런 이야기를 하는 두 사람. 너희들 사이가 좋은 건지 나쁜 건지 확실히 하라고.

하다못해 나도 같이할 수 있는 화제로 해줘. 만화라든지,

게임이라든지, 야구라든지. 그리고 『스펙터클 맨』이라든지.
 어쨌거나 "우음" 소리밖에 못 하지만.

27 변칙적인 라이벌 관계

아오가사키와 미온이 그런 것처럼, 유키미야 시오리와 주리도 라이벌 관계다.

단, 아오가사키와 미온은 서로를 의식하지만, 이쪽은 유키미야가 주리한테 일방적으로 적개심을 품고 있다. 주인공 쪽 인물이 적극적으로 덤벼드는 구도다.

그 이유는 말하기가 좀 그런, 개인적인 이유다.

조신한 가슴 사이즈인 유키미야와 I컵을 자랑하는 킹코브라형 사도…… 그 슴부격차 때문에 마찰이 발생하는 것이다. 출렁, 태애앵, 하고.

"──주리. 나쁜 생각 하지 않고 성실하게 일하고 있나요."

그날, 나는 유키미야와 함께 보건실을 찾아갔다. 그녀가 「헤비즈카 선생님에 대한 경계를 게을리해서는 안 됩니다」라고 해서 어쩔 수 없이 같이 왔다.

"어머나, 어서 와. 웬일이야? 어디 안 좋아?"

바퀴 달린 의자에 앉은 채 이쪽으로 몸을 돌리고 빙긋 미소 짓는 헤비즈카 선생님, 즉 주리. 커다란 가슴이 출렁, 하고 흔들리자 유키미야의 눈빛이 더 험악해졌다.

"몸이 안 좋은 건 아니지만 다른 의미로 기분이 안 좋습니다."

솔직한 감상을 말하면서 저벅저벅 걸어가는 『축명의 무녀』.

"주리. 벌써 몇 번째인지 모르겠지만 다시 한번 말하겠습니다. 당장 오메이 고등학교의 보건교사를 그만두세요."

"또 그 얘기야? 보다시피 내 할 일은 문제없이 잘하고 있어. 세상에는 직업 선택의 자유라는 게 있잖아."

"당신의 직업은 『나락의 사도』장군이 아닌가요! 부업은 안 됩니다!"

그 클레임을 듣고 완전히 질려서 천장을 보며 한숨을 쉬는 킹코브라형 사도.

하긴, 주리는 보건교사가 된 뒤로 단 한 번도 문제를 일으킨 적이 없다. 류가는 헤비즈카 선생님이 해주는 마사지를 아주 좋아하게 되기도 했고.

나도 최근에는 「이것도 괜찮지 않을까」라는 생각이 들기 시작했다. 유키미야에게는 말 못 하지만.

"주리. 제 귀에는 당신이 남학생들을 농락하고 있다는 정보가 들어와 있습니다. 이미 여러 명의 학생이 보건실 단골이 돼버렸다고."

"나도 그것 때문에 곤란하다니까. 『몸이 안 좋을 때만 와야 하는 거야』라고, 매번 말하고 있는데."

"뻔뻔하군요! 그렇게 가슴팍을 활짝 열어놓고! 보란 듯이 가슴을 어필하면서!"

역시 불만은 거기로 귀결되는 것 같다.

"……유키미야 시오리. 잠깐 거기 앉아봐. 당신한테 전할 말이 있어."

그렇게, 주리가 자기 앞에 있는 둥근 의자를 가리키면서 유키미야에게 말했다.

"뭐, 뭔가요. 선생님 같은 소리를 하다니. 절 농락하려고 해도 소용없습니다."

"지금은 틀림없는 선생님이야. 자, 앉으세요, 유키미야 양."

잠시 주저한 뒤에, 얌전히 둥근 의자에 앉는 유키미야. 상대가 사도라고 해도 선생님 말투로 「앉아」라고 하면 시키는 대로 해버린다…… 우등생의 습성인가.

"잘 들어, 유키미야. 여자 가슴이 커지는 건 여성 호르몬 때문이야."

"그, 그게 어쨌다는……."

"일반적으로 여성 호르몬 증가는 20세 전후가 피크라고 해. 즉 너도 아직 가슴이 커질 가능성이 남아 있다── 그런 얘기야."

"…………."

"계속 들을래?"

"기, 기왕 시작했으니 들어드리겠습니다. 크게 관심은 없지만."

말과 반대로 유키미야의 몸이 앞으로 기울어졌다. 거의 농락당한 상태다.

"가슴을 성장시키려면 여성 호르몬을 활성화하는 게 중요해. 먼저 비타민E를 많이 섭취해. 그리고 단백질도."

"비타민E랑, 단백질……."

"그리고 붕소. 이건 건포도나 꿀에 많이 들어 있어."

"자, 잠깐만요! 메모 좀 할게요!"

내일, 이 일대 가게에서 건포도와 꿀이 전부 사라질지도 모르겠다.

"가슴 주변 마사지도 효과적이라고 해. 림프선을 자극해서 흐름을 좋게 해주는 거야. 그리고 대흉근이나 견갑골 주변 근육을 단련한다든지…… 자세만 바르게 잡아줘도 크게 달라져."

"그렇군요…… 따, 딱히 관심은 없지만, 그렇군요."

필사적으로 메모하는 유키미야에게, 주리가 얼굴을 슥 들이밀었다. 그리고 목소리를 낮추고 소곤소곤 얘기했다.

"특별히, 비밀의 가슴 키우는 방법을 가르쳐줄게. ……를, ……해서, ……하는 거야."

"네?!"

"그리고……을 부드럽게…… 하면서, ……를 써서 ……를 자극한다든지."

"세, 세상에! 이 무슨 파렴치한!"

틀렸다. 안 들린다. 대체 뭘 써서 어딜 자극하라는 거야?!

……그 뒤에. 유키미야는 '죄송합니다, 볼일이 생각났어요'라는 말을 남기고 재빨리 보건실에서 나갔다. 집에 가자마자 실천하려는 것 같다.

"의외로 단순하네『축명의 무녀』…… 그런데 이치로 님."

"왜."

"자기 가슴 주위를, 왜 주무르고 계신가요?"

무의식적으로 림프선 마사지를 하고 있었다.

내가 가슴을 키워서 어쩌자는 거야.

28 예외적인 라이벌 관계

아오가사키 레이와 미온. 그리고 유키미야 시오리와 주리.

이 두 쌍 외에 또 한 쌍, 사연이 있는 페어가 있다. 엘미라 매카트니와 키키다.

하지만 이쪽 관계는…… 라이벌이라고 해도 되는 건지 잘 모르겠다. 분명히 싸움이 끊이지 않기는 하지만, 서로를 원수처럼 여기는 것도 아니다.

그래서 두 사람이 만나면 대부분은 코미디처럼 돼버린다.

나는 항상 그것을 상당히 아쉽게 생각하고 있다. 「다른 두 쌍도 그렇잖아」라는 반론에 대해서는 노코멘트 하겠다.

"──이건 아님미다, 에밀레."

그날, 나는 엘미라의 부름을 받고 놀이터로 향했다. 뒤에서 키키가 타박타박 따라오는 줄도 모르고.

날 불러낸 이유는 엘미라의 소설을 읽는 것. 이건 흡혈귀 소녀의 취미인데, 항상 나한테 그 감상을 말해달라고 한다.

"당신 감상은 묻지 않았어요. 저리 꺼지세요, 이 멍멍이."

나랑 같이 와서 멋대로 소설을 읽고 멋대로 지적까지 한 바가지머리 꼬마에게, 엘미라가 노골적으로 불쾌한 표정을 지었다. 이름을 정정하는 건 이제 포기한 것 같다.

"왜 키키가 말한 대로 고치지 않는 검미까. 꼭 괴수를 등장시켜서 류야와 싸우게 하는 검니다."

참고로 이 소설, 주인공 류야의 모델은 히노모리 류가다.

그리고 그 친구 캐릭터 지로의 모델은 나. 이름만 봐도 뻔히 보이지만.

"멍멍이. 당신은 이 작품을 이해하기는 한 건가요? 천사와 악마는 나와도 괴수 따위는 나오지 않는 세계관입니다."

"억지로라도 나오게 하는 검니다. 괴수가 안 나오다니, 말도 안 됨미다."

"말도 안 되는 건 당신이에요!"

"됐으니까 지저 괴수 벨베론을 나오게 하는 검니다!"

"그건 당신이 좋아하는 『스펙터클 맨』의 캐릭터잖아요!"

"그럼 누가 도시를 파괴하는 검니까!"

"파괴할 필요가 있나요?!"

"누가 지로를 빈대떡으로 만드는 검니까!"

"지로를 짓밟지 말아 주시겠어요?"

다시 한번 말하지만 지로의 모델은 나.

뭐, 솔직히 갑자기 괴수가 나오는 것도 참신한 깜짝 요소라고 본다.

이 소설은 인터넷에도 올라가고 있는데, 깜짝 놀라는 독자의 모습이 눈앞에 보이는 것 같다. 「이 작품 어떻게 된 거야?」, 「그보다 작자가 어떻게 된 거 아냐?」라면서.

"그럼 최소한, 빙하 괴수 우쟈란가를 내보내는 검니다."

"하나도 개선이 안 됐어요!"

"실수로 지로를 빈대떡으로 만드는 겁니다."

"지로한테 원한이라도 있나요?! 발밑을 잘 보고 다니세요, 우쨔란가!"

다시 말하지만 지로의 모델은 나다.

"납작해진 지로를 보고, 류야가 분노를 불사르는 겁니다. 그리고 류야가 변하는 겁니다. 류야는—— 집열 괴수 부노게노스였던 겁니다!"

"말도 안 되는 전개도 어느 정도여야죠!"

"부노게노스의 마그마와 우쨔란가의 냉동 가스가 정면으로 부딪치는 겁니다! 열과 냉기의 승부임미다! 핫하고 쿨한 싸움임미다!"

"그, 그건 재미있을 것 같군요."

콧김을 거칠게 내뿜으며 말하는 키키에게, 엘미라가 귀를 기울이기 시작했다. 재미있는…… 건가?

"장절한 싸움은 5년이나 계속됩니다!"

너무 장절한 거 아냐.

"그때, 겨우 눈을 뜬 지로가 일어나서 외칩니다. 『그만둬! 너희가 싸울 필요는 없어!』라고."

살아 있었구나, 지로. 5년이나 빈대떡이었는데!

그나저나 엘미라가 거의 넘어가고 있다. 영감을 받아버릴 것 같다.

"그리고 그때, 지로도 괴수가 되는 겁니다. 바로 지로가 강철 괴수 가치간다였던 겁니다!"

등장인물이 전부 괴수가 돼버렸다.

"지로의 4년 반에 걸친 설득 끝에, 겨우 류야는 정신차림니다."

다 합해서 10년이나 뭘 하는 거야 너희들.

"키키. 당신의 안을 있는 그대로 채용할 수는 없지만, 부분적으로 도입하는 것도 검토해 보겠어요."

"괴수가 나오는 겜미까?"

"그렇군요. 오리지널 거대 마수 같은 게 되겠지만."

"야호임니다! 틀림없이 애니메이션이 될 겁니다!"

그런 소리를 하면서, 두 사람은 사이좋게 같이 걸어가 버렸다. 지금부터 엘미라의 집에 가서 계속 의논하려는 것 같다.

······훗날. 류가가 나한테 상담했다. 「엘한테 무슨 일이 있는 것 같아」, 「엘이 쓴 소설이 이상해」라고.

너, 독자였냐.

29 흡혈

흡혈귀인 엘미라는 정기적인 흡혈이 필요하다.

그건 불꽃을 마음대로 다루는 그녀의 이능력이 인간의 혈액을 에너지원으로 삼기 때문이다. 그만큼 기술의 베리에이션은 풍부하지만, 연료가 떨어지면 전투 불능이 되는 건 물론이요, 빈혈로 쓰러진다는 약점이 있다.

"그러니까 류가. 당신과 한 약속, 규제를 조금 완화해줄 수 있을까요?"

그날 점심시간. 류가 & 히로인즈 그리고 나를 옥상으로 불러낸 엘미라가 눈꼬리를 끌어 올리고서 그렇게 말했다.

엘미라가 말한 약속이란 「류가 이외에 다른 사람을 흡혈하지 않는다」를 가리킨다.

다른 사람에게 폐를 끼치지 않기 위한 주인공의 배려이며, 엘미라도 일단 따르고 있다.

예외적으로 가끔 내가 몰래 피를 빨게 해주고 있지만…… 그건 다른 사람들한테는 비밀이다. 이 흡혈귀 소녀는 어째선지 내 피가 아주 마음에 들어버린 것 같다.

"지금까지 저는 의도치 않은 일이지만 몇 번인가 혈액 부족으로 위기에 빠진 적이 있어요. 류가와의 약속을 어기고 싶지 않아요…… 그런 제 의리와 성실함, 솔직함이 문제가 된 것이죠."

날 「전속 도너」로 삼고 있는 건 완전히 숨겨두고 절실하게 어필하는 엘미라. 얼굴이 꽤 두꺼운 흡혈귀다.

"그래서 긴급사태만이라도 여기 있는 분들의 피를 빨아도 된다는 규약으로 바꿔줄 수는 없나요? 그러면 제 약점 개선도 도움이 될 거예요!"

"엘이 이렇게 말하는데…… 다들 어때?"

류가가 의견을 묻자 일제히 음~~ 소리를 내는 유키미야, 아오가사키, 쿠로가메.

세 사람 모두 노골적으로 「가능하다면 사양하고 싶다」는 표정이었다. 각자가 말하는 코멘트도 뭔가 떨떠름했고.

"물론 엘미라에게 피를 주는 거 자체는 상관없지만……."

"엘미라의 송곳니는 그럭저럭 크기가 있으니까 말이야……."

"굵직한 주삿바늘 두 대로 목을 푹 찌른다는 거지? 아플 것 같아서 싫은데……."

그 마음은 이해한다. 솔직히 말해서 송곳니로 찌르면 아프다. 그다음에 할짝할짝 핥아주는 상이 기다리고 있지만, 그걸 기뻐하는 건 남자인 나뿐이겠지.

"당신들, 너무 박정하군요! 그러고도 같은 숙명으로 맺어진 사신 동료인가요?!"

"그 자리에 있는 게 저뿐이라면 어쩔 수 없겠지만……."

"세 사람이 동시에 있을 때는 어떻게 하지? 누가 희생될 건가?"

"가위바위보나 사다리타기로 정하는 수밖에 없겠지."

동료들의 시큰둥한 반응 때문에 애가 탔는지, 엘미라가 결국 먼저 입을 열었다.

"좋아요! 당신들 세 명이 있을 땐 누구의 피를 마실지 제가 결정하겠습니다! 지금 여기서!"

류가가 어떻게 정할 건데? 라고 물었더니, 흡혈귀 소녀가 혀를 날름거렸다.

"시오리 씨, 레이 씨, 리나 씨. 지금부터 당신들의 피를 한 사람씩 테이스팅 하도록 하겠어요. 이래 봬도 저는 세계 제일의 『혈액 소믈리에』라고 자부하고 있답니다."

히로인들이 일제히 "싫어~!"라는 비명을 지르거나 말거나, 천천히 그녀들에게 다가가는 엘미라. 입가에서 어렴풋이 반짝 빛난 건 송곳니일까 침일까.

"안심하세요. 사용하는 송곳니는 하나뿐, 그것도 아주 얕게 찌를 테니까요. 그리고 흡혈귀의 흡혈은 상처가 전혀 남질 않는답니다."

그렇게 해서, 먼저 유키미야의 목을 덥석 물었다.

"아, 아야……."

"흐음…… 꽤 깊은 맛이군요. 비유하자면 고급 칵테일이라고 할까요."

이어서 아오가사키 선배의 목을 물었다.

"큭……."

"흠…… 중후한 바디감이군요. 질 좋은 일본주라고나 할까요."

마지막으로 쿠로가메의 목을 물었다.

"끼야~!"

"흐음…… 맛은 거칠지만 영양가가 뛰어나군요. 자라 술이라고나 할까요."

쿠로가메 양만 은근히 생긴 그대로였다. 그나저나 엘미라, 술로 비유하는 건 그만두라고. 일단 고등학생이니까.

"그래서, 어쩔 거야 엘? 누구 피가 제일 좋았어?"

"그러쿤여…… 세 사람 모두 우열을 따질 수가 없어여. 한 번 더 마셔 봐도 될까여? 딸꾹."

"에, 엘? 왠지 얼굴이 빨갛게 달아올랐는데? 설마…… 취했어?"

"안 취해써여. 고생이 많으시네여, 경찰 아저씨."

"아니, 경찰 아저씨 아니거든!"

엘미라가 류가에게 거수경례를 했다. 이어서 비틀거리는 걸음걸이로 비틀비틀 나한테 다가왔다.

"입가심으로, 당신 피를 마시게 해주세여. 코바야카와 히데아키."

"누가 전국시대 무장이라는 거야! 같은 건 코바야 뿐이잖아! 아야! 야, 머리 깨물지 마!"

술주정이라는 말을 들어본 적은 있는데, 피주정이라는 말은 내 견문이 부족한 탓인지 들어본 적이 없다.

……결국 엘미라의 부탁은 기각당했고, 규제 완화는 보류

되고 말았다.

　우리는 쓸데없는 피를 흘리고 말았다.

30 영향

"텟짱. 너 옛날에는 어떤 느낌이었어?"

저녁 식사 중. 옆에서 된장국을 후~ 후~ 불고 있는 도철에게 별생각 없이 물었다.

도철은 숙주의 영향을 아주 많이 받는【마신】이라고 한다. 지금 도철의 성격과 비주얼이 이 모양인 것도 내 영향을 받은 탓이다.

이 녀석이 인간계에 나타난 건 총 세 번. 그동안에 몇 번인가 숙주를 바꿨다고 들었다.

그렇다면 옛날에는 어떤 녀석이었을까…… 갑자기 궁금해졌다.

"옛날에 말입니까? 음~ 어땠더라."

고개를 갸웃거리는 도철보다 먼저 대답한 것은, 부하인 삼공주였다.

"아주 쿨하고 멋지셨지. 과묵하고, 퇴폐적이고, 나르시시스트……『파괴야말로 진리. 황폐야말로 질서. 죽음이야말로 구제』라고 말씀하시곤 했어."

미온의 말에 도철이 "꺄악"하고 창피해한다. 그런 탐미파 비주얼계 밴드 멤버 같은 도철은 도무지 상상할 수가 없다.

"지략가로 지내실 때도 있었습니다. 항상 어려운 책을

들고 계시면서……『여기까지는 내 계산대로. 그럼, 작전을 제2단계로 이행합시다』라는 말씀을 하시곤 했죠."

주리의 말에 도철이 "뭐양"이라고 하면서 손으로 얼굴을 가렸다. 역시 도무지 상상할 수가 없다. 머리가 좋은 텟짱이라니, 몸이 딱딱한 루피나 마찬가지잖아.

"아주 밝은 캐릭터일 때도 있어쭙니다. 항상 밴조(banjo)를 딩가딩가 울리면서……『렛츠 파티! 예이! 와우!』라고 시끄럽게 외쳐쭙니다."

키키의 말에 도철이 혀를 내밀면서 "에헷" 했다. 그 도철은 비교적 상상하기 쉽다. 지금의 이 녀석이랑 비슷한 느낌이니까.

"저기 텟짱. 너 지금은 류가한테 홀랑 반해 있는데, 옛날에는 아니었지? 역대【황룡】이나 사신의 계승자들과 사투를 벌여왔잖아?"

"예, 뭐. 히노모리 집안 놈들은 하나같이 건방진 놈들이었거든요…… 도무지 류가땅의 조상이라는 걸 믿을 수가 없습니다요."

그 시절의 싸움, 조금 보고 싶기도 하네. 이 세계는 리얼 드라마니까, 아무래도 「과거편」은 무리겠지만.

"류가네 조상님은 어떤 사람이 있었어?"

"그러니까…… 제가 싸웠던 건 히노모리 류노스케랑 히노모리 류베였습니다."

"전부 이름에『용』이 들어가네. 역시 잘 생겼나?"

"아뇨. 류노스케는 수염이 잔뜩 난 털북숭이고, 가슴 털까지 수북했지요. 류베는 거기에다 배꼽 털, 그리고 손가락에도 털이 났었고."

괜히 물어봤다.

"제가 매번 그럭저럭 히노모리 녀석들을 몰아붙였는데…… 류노스케 때는 그 녀석 가슴 털을 깡그리 태워버리기도 했었지요."

대체 어떻게 몰아붙인 거야.

"류베 때도 종이 한 장 차이였습니다. 마지막에 누구의 일격이 맞을까…… 정도였지만, 아쉽게도 지고 말았지요. 두 손에 밴조를 들고 있었던 게 문제였습니다."

응. 역시 「과거편」은 안 봐도 되겠다.

"뭐, 젊어서 혈기가 넘쳤으니까요. 지금의 저를 그다지 좋아하지 않는 사도들도 있겠지만, 이게 제 원래 모습에 제일 가까운 캐릭터라고 생각합니다."

그랬더니 키키가 생글생글 웃으면서 왕에게 말했다.

"키키는, 지금 도철 남작님이 제일 좋습미다. 정말 대하기 편합니다."

미온과 주리도 씁쓸하게 웃으면서 동의했다.

"그래요. 집안일도 도와주시고, 정말 도움이 돼요."

"그만큼 도철 님의 도량이 크시다는 뜻이겠지요."

삼공주가 추켜세워 줬더니 "으헤헤"하며 머리를 긁는 【마신】. 몸을 꼬물거리고 있다.

"하, 하는 수 없지. 난 부하 같은 건 필요 없지만, 너희들이 그렇게까지 말한다면 어디까지고 따라와라! 힘든 일 있으면 뭐든지 말해!"

일어나서 큰 소리로 말한 도철에게 삼공주가 짝짝짝 박수를 보냈다.

손을 흔들어서 거기에 대답하는 【마신】에게, 미온이 바로 웃는 얼굴로 말했다.

"그럼 도철 님. 정말 죄송하지만, 오늘 설거지 부탁드려도 되겠습니까."

"그래! 맡겨만 둬라!"

"마당에 잡초가 자랐으니, 잡초 뽑기를 부탁드려도 되겠습니까."

"그래! 맡겨만 둬라!"

"다음 주에 발매되는『스펙터클 맨 괴수 대백과』가 너무나 갖고 싶쭙니다.""

"그래! 맡겨만…… 야, 너희들! 왕이 심부름꾼인 줄 알아! 그런 속셈이었냐!"

아무래도 놀아나고 있었다는 걸 눈치챈 것 같다.

"그 대신 도철 님 생일에는 저희가 밴조를 선물해드리도록 하겠습니다."

"이번에는 한 곡이라도 제대로 연주할 수 있도록 열심히 해주십시오."

"생일을 기대하시는 겁니다."

"밴조 따윈 필요 없어! 보기도 싫어! 그리고 【마신】한테 생일이 어디 있는데!"

"없으면 정하면 되는 겁니다. 일단 어제로 하게쭙니다."

"이미 지났잖아!"

이런 느낌으로, 오늘도 우리 집 식탁에는 웃음이 끊이지 않는다.

그리고 하극상도 끊이지 않는다.

31 신입 마신

사흉이라고 불리는 『나락의 사도』들의 왕인 네 【마신】.

류가와 동료들은 이미 그중에 둘을 쓰러트렸다. 즉 【마신】 혼돈과 【마신】 도철을.

기념비적인 제1부의 최종 보스였던 혼돈은 류가의 여동생인 히노모리 쿄카를 숙주로 삼아 부활했다. 그건 꽤 충격적인 전개였다.

그때 류가가 얼마나 동요했는지는 말할 필요도 없겠지. 류가는 동생이 다칠까 주저하느라 공격을 못 해, 절체절명의 위기에 빠지고 말았다.

그런 혼돈이, 이번에—— 일시적으로 나한테 이사를 왔다.

류가 일행한테 패배하고 힘을 극도로 잃은 혼돈이 숙주인 쿄카의 생명력을 빨아먹고 있었던 게 발각됐다. 쿄카는 심하게 쇠약해졌고, 그녀를 너무나 아끼는 혼돈은 「당분간 숙주를 바꾼다」라면서 나한테 넘어왔다.

'어쩔 수 없는 일이라고는 해도, 설마 【마신】을 둘이나 데리고 있게 될 줄이야…… 나, 친구 캐릭터로 돌아갈 수 있을까?'

휴대전화를 두 개 가지고 다니는 것과는 차원이 다른 일이다. 【마신】이 둘이나 깃들어 있다니, 이건 작중 최강 캐릭터다. 앞으로 어떤 적이 나오더라도, 슬프게도 질 것 같지가 않다.

그러면 곤란하다. 이건 「히노모리 류가의 이능 배틀 스토리」니까.

나는 그 일상 파트에 나오는 단순한 까불이 친구 캐릭터니까.

'오, 텟짱. 먼저 도령을 숙주로 삼았다고 선배 행세하지 마라. 【마신】은 힘이 전부…… 강한 놈이 높은 거야.'

'그렇다면 역시 내가 높은 게 아닐까. 난 원래 너희들이랑 같이 사흉으로 묶일 수준이 아니니까.'

어느 날, 내가 방에서 숙제하고 있을 때였다.

그날은 고전문학과 영어, 두 과목이나 숙제가 나와 있었다. 「라행 변환 활용」이네 「과거 분사형」이네, 건방지기 짝이 없다. 언어 따위는 보디랭귀지면 충분하다고 생각한다.

'호오, 재미있는 소리를 하는데 텟짱. 너 따위가 날 이길 수 있을까?'

'혼돈. 넌 사흉 죽에서도 제일 약한 놈이야. 사천왕 중에서 제일 먼저 당하는 놈이 제일 약하다…… 그게 배틀물의 섭리니까.'

──그런데, 조금 전부터 내 머릿속에서 말다툼 소리가 울리고 있다.

그건 말할 필요도 없이 나한테 깃들어 있는 【마신】 놈들의 디스 배틀이다. 도철과 혼돈의 이웃 다툼이다.

그들의 말에 의하면 【마신】들은 상당히 사이가 나쁘다는 것 같다. 원래는 부활하는 시기가 겹치는 일이 없다는 것 같지만, 일단 마주치면 싸우기 시작한다고. 왕이다 보니 자기주장이 강한 걸까?

'좋다! 그렇게까지 말한다면 확실하게 결판을 내보자!'

'바라던 바다! 찍소리도 못하게 만들어주겠어!'

적 보스 캐릭터인 【마신】과 【마신】의 배틀…… 지금, 그것이 발발하려 하고 있다. 내 안에서.

"야, 너희들, 싸우지 마. 사흉은 인간계를 멸망시킬 정도의 힘이 있잖아? 그런 정상 결전을 내 안에서 멋대로 시작하지 말라고."

'걱정 마라 도령. 숙주인 네게 폐는 안 끼칠 테니까.'

'나리, 안심하고 숙제 계속하십쇼. 치고받는 짓은 안 하니까요.'

그렇다면 대체 어떻게 결판을 내겠다는 거야…… 라는 생각도 들었지만, 숙제에 전념하기로 했다.

숙제를 안 해온 사람한테는 추가 숙제를 내준다. 그런 무간지옥에 빠지는 건 피하고 싶다.

'간다, 받아라! 으라차!'

'허잇! 와하하, 꼴 좋다 혼돈! 이번엔 내 차례다!'

머릿속에서 울리는 두 사람을 라디오 소리처럼 들으며 샤프펜슬을 움직여댔다.

……궁금하다. 이 녀석들, 대체 뭘 하는 거지? 아쉽게도 나는 내 안에서 일어나는 일을 볼 수가 없다. 소위 말하는

「영상 없이 소리로만 즐겨주세요」 상태다.

'어떻게든 실황 중계로 볼 수 없을까? 유선이나 위성방송에서 안 하려나? 내시경 검사를 하면 볼 수 있을지도……그나저나 이 녀석들, 대체 내 어디에 있는 거야?'

어느새 나는 숙제를 하던 손이 멈춰 있었다. 안 되겠다, 집중할 수가 없어. 지금 고전문학과 영어, 어떤 걸 하고 있었더라…….

'흐음! 좋았어!'

'아닛…… 내 혼신의 일격을!'

'크하하하. 어설프다 텟짱!'

'큭, 해보자 이거지? 혼돈 이 자식!'

"이봐 혼돈, 텟짱! 너희들 무얼로 승부하고 있는 거야! 가르쳐줘!"

도저히 참을 수가 없어서 【마신】들한테 물어보고 말았다.

어차피 이대로는 숙제를 할 수가 없다. 영어 해석이 「밥이라 하는 자, 제인의 생신 잔치에 가셨다. 장중한 파티였도다.같은 고전문학처럼 돼버렸다.

'그러니까 걱정하지 말라고 도령. 축구 승부차기를 하고 있을 뿐이다.'

내 안에는 축구 골대가 있는 건가!

'좋다, 혼돈. 다음엔 클레이 사격으로 승부다! 총 들어!'

대체 얼마나 충실한 설비를 갖춘 거야! 그나저나 내 안에서 총 쏘지 마!

결국 혼돈과 도철의 승부는 끝을 내지 못했고.
난 나대로 숙제를 끝내지 못했다.

32 가창력 테스트 1

세상에는 캐릭터 송이라는 것이 존재한다.

주로 이야기의 메인 캐릭터를 대상으로 그 인물의 이미지를 살려서 만든 노래다. 작중에서 당사자가 활약하는 장면에서 나오면 분위기가 상당히 달아오른다.

이 캐릭터송의 필수 요소는 본인이 직접 부르는 것.

그래서 메인 캐릭터들은 어느 정도 가창력이 있어야 한다. 너무 심한 음치면 기껏 찾아온 중요한 장면에서 김이 새버릴 수도 있으니까.

……그런 이유로, 이번 기회에 메인 캐릭터들의 가창력을 체크해보기로 했다.

제일 먼저, 누가 뭐라고 해도 주인공인 히노모리 류가겠지. 생각해보면 나는 류가가 부르는 노래를 제대로 들어본 적이 없다. 이 녀석이 도라O몽에 나오는 퉁퉁이 수준이면 말도 안 되는 일이다.

"저기, 그럼, 부를게."

나는 류가를 노래방에 밀어 넣고 바로 한 곡 불러 달라고 했다. 가능하다면 주인공답게 피가 끓어오르는 히어로 송을 불러줬으면 싶은데.

"불러보고 싶었거든, 보잉 무스메의 『러브러브 난기류』."

"잠깐만 류가."

바로 리모컨을 조작하는 류가의 손을 붙잡아서 말렸다.

배틀 클라이맥스에서 그런 아이돌 노래가 나오면, 적도 마음 편하게 쓰러질 수 없을 거라고. 좀 더 질주하는 느낌의, 뜨거운 곡으로 해줘!

"그럼『사랑의 냥플라이트』로."

"가능한 러브나 냥은 피해줬으면 하는데."

"그렇게 말해도, 난 다른 노래들은 안무 모르는데……."

"춤은 안 춰도 되니까."

"이치로가 코러스 넣어줄 수 있는 것도 이 두 곡밖에 없잖아?"

"내 코러스 같은 건 필요 없으니까!"

주인공 캐릭터 송에 친구 캐릭터가 코러스를 넣다니, 전대미문이다.「저 녀석 어디까지 나댈 생각이야」,「뒤에서 냥냥거리는 소리 시끄러워」…… 그렇게 꾸짖는 목소리가 들려오는 것 같다.

"저기,『사랑의 냥플라이트』부르면 되지? 예약한다?"

주인공의 간절한 희망에 어쩔 수 없이 고개를 끄덕였다. 오늘은 어디까지나 가창력을 체크하는 게 목적이니까. 곡까지 신경 쓸 필요는 없겠지.

"그럼 부를게! 추임새 잘 부탁해!"

전주부터 팝하고 큐트한 곡이 방 안에 울려 퍼지기 시작했을 때.

"오, 류가 땅이 노래 부르는 거야?! 이얏호오오오오!"

도철이 내 안에서 튀어나왔다. 바로 탬버린을 들더니 "예이! 예이!" 하고 추임새를 넣기 시작했다.

"아, 도철, 이 노래 알아?"

"알지! 코러스도 다 알아!"

"좋았어~! 여러분~! 오늘 와줘서 정말 고마워~!"

"우와아아아! 류가 따아아아앙!"

"갑니다~!『사랑의 냥플라이트』!"

류가가 보잉 무스메 흉내를 내며 귀엽게 춤추기 시작했다.

도철이 소파 위로 올라가서 탬버린으로 박자를 맞추기 시작했다.

"널 생각할 때마다 ♪ 사랑의 탐지기가 울려 ♪"

"냥냥냥! 냥냥냥!"

"학생 비자가 아냐 ♪ 사랑의 비자예요, 기장님 ♪"

"냥냥냥! 냥냥냥!"

알고는 있었지만, 주인공 캐릭터로서 언어도단이다.

게다가 코러스는 적이어야 할【마신】이다. 친구 캐릭터보다 더 엉망이다.

"자, 도철!"

"냥냥냥!"

"자, 이치로!"

"응? 냐, 냥냥냥!"

갑자기 마이크를 들이대서 급하게 코러스를 넣었다. 아아, 결국 친구 캐릭터까지 참가하고 말았다.

……그 뒤에도 류가는 『러브러브 난기류』를 불렀고, 앙코르 곡으로 또다시 『사랑의 냥플라이트』를 불렀다. 피처링 코바야시 이치로&[마신] 도철로.

"아, 기분 좋다. 그럼 다음, 이치로 불러봐."

마이크가 넘어왔고, 일단 한 곡 입력했다.

류가가 그럭저럭 가창력이 있다는 건 알았다. 기껏 왔으니까 나도 불러야지.

"그럼 부른다. 『싸워라! 스펙터클 맨』."

류가가 곤란하다는 것처럼 고개를 갸웃거렸다. 뭐, 특촬 프로그램 주제가니까 모르는 것도 당연하지."

"텟짱! 넌 알지! 코러스 부탁해!"

"알겠습니다!"

"머나먼 별에서 찾아왔다♪ 지구의 평화를 지키기 위해♪"

"냥냥냥!"

"그게 아니잖아!"

33 가창력 테스트 2

언젠가 캐릭터 송을 만들게 될 때를 위해, 나는 최근에 메인 캐릭터들의 가창력을 확인하고 있다.

지난번에는 주인공인 류가와 노래방에 갔다. 불렀던 곡은 일단 그렇다 치고, 가창력은 합격 노래방 기계 판정도 89점이었으니까, 그 정도면 걱정 안 해도 되겠지.

그리고 오늘은 아오가사키 선배……를 만날 생각이었는데.

약간 예상치 못한 사태가 벌어지고 말았다. 집에서 나와 약속장소로 가던 나는 키키가 따라오고 있다는 걸 알아차리지 못했고, 결국 둘이 마주치고 말았다.

"키키도 노래 부를 겁니다. 자신 이쭙니다."

어쩔 수 없이 한꺼번에 가창력을 체크하기로 했다.

적 캐릭터도 인기가 생기면 캐릭터송이 만들어질 가능성이 있다. 삼공주는 노래방에 같이 간 적이 있어서 실력은 대충 파악하고 있는데…… 다들 그럭저럭 잘 불렀다.

적당한 핑계를 대서 설득했더니, 아오가사키 선배는 시원스레 받아들여 줬다. 왠지 데이트하는 데 여동생을 데리고 온 것처럼 미안한 기분이다.

"그럼, 외람되지만 내가 먼저 부르도록 하지. 블러드 사바스의『데빌 핑거 프롬 헬』."

"잠깐만요, 아오가사키 선배."

나는 리모컨을 조작하는 아오가사키 선배의 손을 붙잡았다.

그렇다. 이 사람, 고풍스러운 캐릭터인 주제에 어울리지 않게 외국 노래를 좋아한다. 게다가 하필이면 하드 메탈을 골랐다.

"왜 그러나 코바야시. 『에브리띵 이즈 데빌』이 더 좋은가?"

"일단 데빌이나 헬은 좀 빼죠. 아무래도 인류를 지키는 입장이니까."

"그냥 노래가 아닌가. 그런 소리를 하면 벳푸 온천의 지옥 순례도 못 한다."

"그건 그렇지만."

"무엇보다 코바야시가 코러스를 넣을 수 있는 건 이 두 곡뿐이 아닌가."

또 코러스를 시키려는 거냐! 피처링 코바야시 이치로냐고!

……결국 아오가사키 선배를 당해내지 못하고 『데빌 핑거 프롬 헬』의 코러스를 넣기로 했다.

그런데 웬걸, 아오가사키 선배의 노래 실력은 대단한 수준이었다. 음역도 넓고 표현력도 좋고, 영어 발음도 아주 좋다.

나는 보잉 무스메 쪽이 차라리 좋았어…… 라는 생각을 하면서, "데스! 데스! 데스!"라는 구호를 계속 외쳐댔다. 중간에 키키도 참가해서 "데슈! 데슈! 데슈!"라고 외쳤다.

피처링. 적 간부.

"후우, 기분 좋다. 다음은 누가 부를 건가?"

"키키가 부를 겁니다!"

힘차게 손을 들고 마이크를 잡는 에조 늑대 사도.

바로 흘러나온 전주는 예상대로라고 할까── 바로 며칠 전에 류가랑 노래방에 갔을 때 내가 불렀던 그 곡이었다.

"『싸워라! 스펙터클 맨』입니다! 키키는 스펙터클 맨을 아주 싫어하지만, 이 노래는 좋아합니다! 뜨겁습니다!"

아오가사키 선배가 곤란하다는 표정으로 고개를 갸웃거렸다. 뭐, 모르는 게 당연하지.

방 안에 울리는 쓸데없이 장대한 오케스트라. 그 용감한 멜로디에 맞춰, 키키가 발꿈치를 들썩이면서 리듬을 타고 있다.

아오가사키 선배도 일단 손뼉으로 박자를 맞추고 있다. 성실한 사람이라니까.

"이치로 남작! 구호 부탁합니다!"

"아, 알았어."

"머나먼 별에서 찾아왔다♪ 지구의 평화를 지키기 위해♪"

화면에 나오는 가사를 보지도 않고, 큰 소리로 부르는 키키. 응, 역시 가창력은 좋아.

"바로 지금 용기의 변신이다♪ 자, 이치로 남작!"

"변신이다! 변신이다!"

주먹을 치켜들고 소리치는 날 보며 아오가사키 선배가

완전히 질려버렸다. 마음은 이해하지만, 선배 곡도 만만치 않았거든요?

"자! 아오가사키도 하는 겁니다!"

"뭐? 그, 그러니까…… 벼, 변신이다, 변신이다."

"부끄러움은 버리는 겁니다! 용기를 내는 겁니다! 그래선 평화를 지킬 수 없쭙니다!"

"벼, 변신이다! 변신이다!"

될 대로 되라는 것처럼 외치는 아오가사키 선배에게 "그래요, 그겁니다!"라며 엄지손가락을 세워 보이는 키키.

갑자기 생각났는데, 이 두 사람…… 불러야 할 노래가 반대로 된 게 아닐까.

메인 캐릭터인 아오가사키가 「헬」이네 「데빌」이네 하는 노래를 부르고, 적 캐릭터인 키키가 「평화」네 「용기네」 하는 노래를 부르고 있다. 이게 무슨 카오스야.

"아아아~ 우리들의 스펙터클 맨~♪ ……들어주셔서 감사합니다."

몇 분 뒤에. 노래를 마친 키키가 바가지머리를 꾸벅 숙였다.

결국 이 노래도 피처링 코바야시 이치로&아오가사키 레이가 되고 말았다.

……노래방 기계 판정은, 아오가사키 선배가 92점. 키키가 83점. 80점 이상이면 합격이라고 생각해도 되겠지.

참고로 내가 부른 노래는 61점이었다.

이 기계, 망가진 게 아닐까.

•

34 가창력 테스트 3

언젠가 캐릭터 송이 만들어질 때를 위해, 나는 최근에 메인 캐릭터들의 가창력을 확인하고 있다.

오늘은 유키미야의 노래를 들어보려고 노래방에 가자고 했는데…… 예상치 못한 사태가 벌어지고 말았다. 그것도 두 가지나.

하나는 지난번에 키키가 따라왔었는데, 이번에는 미온이 따라와 버렸다는 것.

유키미야와 만나서 노래방에 가는 중에 백로 사도와 마주치고 말았다. 게다가 유키미야가 미온한테 같이 가자는 말을 해버렸다. 좋은 기회니까 교류를 다져야겠다고 생각했겠지.

"사도의 노래를 듣는 건 꽤 귀중한 체험이니까요."

"미리 말해두는데 우리 『나락의 삼공주』는 이계에서 콘서트를 개최한 적도 있어. 그 실력을 보여주지."

자신만만하게 말하고 제일 먼저 마이크를 잡은 미온.

그리고 바로 나온 전주는── 이럴 수가, 보잉 무스메의 『사랑의 냥플라이트』였다. 너도냐.

"이치로 군! 코러스 부탁해!"

미온이 스커트를 살랑살랑 흔들며 말했다. 왠지 그럴 것 같다는 생각이 들이는 했지만 역시 이번에도 피처링 코바야시 이치로인가.

지금까지는 모든 멤버들의 캐릭터 송 피처링에 개근상이다. 평범한 친구 캐릭터인데.

"널 생각할 때마다♪ 사랑의 탐지기가 울려♪"

"냥냥냥! 냥냥냥!"

대충 추임새를 넣어주는 나한테 미온이 손가락으로 오케이 사인을 보냈다. 냉정하게 생각해보면 말이야, 뭐냐고 이 노래.

"자, 이치로 군!"

"냥냥냥냥!"

"자, 유키미야!"

"예? 냐, 냥냥냥냥……."

창피해하면서도 두 손으로 고양이 같은 손짓을 하는『축명의 무녀』.

정통파 미소녀인 유키미야가 하니까 그야말로 아이돌에 필적할 정도로 사랑스러웠다. 진짜 보잉 무스메보다 귀여울지도 모른다.

……노래방 기계의 판정은 89점이었다. 곡도 점수도 주인공과 똑같다.

"응, 뭐 그냥저냥 괜찮네. 그럼 다음, 유키미야가 불러봐."

"아, 예. 그럼 저도 보잉 무스메의『러브러브 난기류』를."

──그렇다. 두 번째 예상치 못한 일이 일어난 건, 그때였다.

유키미야의 가창력은 뭐라고 할까. 상당히 아쉬웠다.

먼저 목소리가 소곤거리는 것처럼 작고, 멜로디에 기복이 거의 없었다. 박자도 약간 어긋나고. 유령이 들으면 성불해버릴 것 같은, 불경을 읊는 것 같은 목소리였다.

'설마 유키미야가 요리도 모자라 노래까지 못 할 줄이야……!'

노래방 기계의 판정은 32점. 학교 공부에서라면 절대로 나오지 않을 점수다.

"하아, 역시 그렇군요. 음악 이론이나 연주는 자신이 있는데, 노래만은 도무지……."

본인도 알고 있던 모양이다. 요리도 자각해줬으면 좋겠다.

그때, 미온이 자리에서 일어나더니 유키미야에게 성큼성큼 다가갔다.

"유키미야. 넌 너무 목으로만 소리를 내려고 해. 그래서 음역이 좁아지는 거야."

"예?"

"박자가 어긋나는 건 몸으로 리듬을 타면서 맞추면 되고. 악보로 생각하면 안 돼. 곡 전체를 귀로 듣고 기억하는 거야. ……이치로 군, 한 번 더 『러브러브 난기류』 눌러줘."

유키미야에게 마이크를 쥐여주고, 자기도 마이크를 손에 드는 미온.

"이대로 끝낼 수는 없어. 최소한 60점은 받게 해야……

유키미야, 같이 부르자. 내가 부르는 걸 잘 듣고, 최대한 맞춰서 불러봐."

백로 사도의 남을 잘 챙기는 성격이 이런 데서 발휘되고 말았다.

그때부터 미온 선생님의 보컬 레슨이 시작됐다.

"좀 더 큰 소리로! 랄랄라 난기류~ ♪"

"랄랄라 난기류~ ♪"

"반음만 더. 힘내서 올려봐! 랄랄라 난기류~ ♪"

"랄랄라 난기류~ ♪"

"그래! 하면 되잖아!"

……한 시간 뒤. 특훈한 보람이 있었는지 유키미야의 가창력이 극적으로 향상됐다.

놀랍게도 노래방 기계 판정으로 64점을 받는 데 성공했다.

"해, 해냈어요! 큰 쾌거예요!"

"후우, 잘 됐다…… 앞으로는 콧노래를 부를 때도 음정을 의식하면서 해. 어긋났다 싶으면 그 부분을 몇 번이든 반복하면서 수정하는 거야."

"예! 반드시 『러브러브 난기류』를 제일 자신 있게 부를 수 있는 노래로 만들게요! 또 같이 불러주세요!"

유키미야의 표정이 밝아졌다. 적 캐릭터랑 듀엣으로 노래를 부르고.

미온의 레슨을 바로 앞에서 듣고 있던 나는, 나도 직접

해보기로 했다. 나라고 그냥 「난기류, 난기류」하고 추임새만 넣고 있었던 건 아니다.

'좋았어, 목표는 80점!'

노래가 끝나고—— 노래방 기계 판정은 55점이었다.

이 기계, 역시 망가진 게 아닐까.

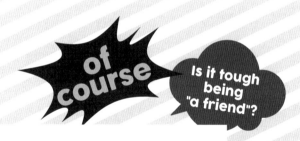

35 가창력 테스트 4

언젠가 캐릭터 송이 만들어질 때를 위해, 나는 최근에 메인 캐릭터들의 가창력을 확인하고 있다.

아오가사키 & 키키, 유키미야 & 미온 듀엣을 연달아 겪었으니 반쯤 예상했지만…… 역시나 엘미라와 노래방에 가려 했더니, 주리가 따라오고 말았다.

"들자 하니 최근에 이치로 님은 여자애 두 명을 초이스해서 노래방에 데려갔다고 하더군요. 그렇다면 이제 슬슬 제 차례가 아닐까요."

그렇게 해서, 난 엘미라와 주리를 데리고 노래방에 왔다.

참고로 점원은 매번 같은 분이었기에 조금 어색했다. 「이 사람 왜 이렇게 인기가 좋은 거야? 비주얼은 표준 이하인데」…… 그런 마음의 소리가 들려오는 것 같다.

"그럼 저부터 부르겠어요. 보잉 무스메의 『간사이공항 제네레이션』을."

익숙한 손놀림으로 마이크를 빙글빙글 돌리는 엘미라. 인기 좋구나, 보잉 무스메.

"코바야시 이치로, 알고 있죠?"

"그래, 코러스 말이지."

이젠 체념의 경지에 들어선 나는 이미 준비하고 있었다. 보나 마나 또 피처링을 부탁할 테니까.

홍련의 웨이브 머리카락을 흔들며 춤추는『상암의 혈족』을 미소로 바라보고 있는 주리. 보건교사가 이렇게 학생이랑 같이 놀아도 되는 걸까.

노래방 기계 판정은 90점. 안무도 완벽했지만, 대단한 점수를 받았다. 의외로 가무에 소질이 있는 흡혈귀다.

"후우, 상쾌하군요. 다음엔 누가——"

"오우, 너희들. 재미있는 놀이를 하고 있구나."

그때, 내 안에서 굵직한 목소리가 들려왔다.

직후에 호랑이 수염 아저씨가 나타나더니, 거만한 자세로 소파에 푹 기대고 앉았다. 【마신】혼돈이다.

현재 나는 도철 이외에 【마신】을 하나 더 데리고 있다. 혼돈은 원래 류가의 동생 쿄카를 숙주로 삼았었는데…… 이런저런 사정이 있어서 일시적으로 맡아두기로 했다.

"어머나, 혼돈 님. 눈을 뜨셨는지요."

주리가 자세를 바로잡고 혼돈에게 인사했다.

"그래. 여기가 노래방인가 하는 곳인가. 처음 와보는군."

"괜찮으시다면 혼돈 님도 노래를 불러보시겠습니까?"

"아니, 난 듣는 쪽이 전문이다. 그래, 주리. 다음엔 네가 불러봐라. 나도 알거든? 너희 삼공주는 이계에 팬클럽까지 있잖아? 콘서트도 개최한 적 있었지?"

"알겠사옵니다. 명령이라면, 감히 한 곡 부르겠습니다."

소파에 앉은 채로 리모컨을 조작해서 곡을 입력하는 킹코브라 사도.

기계에서 유명한 엔카의 인트로가 흘러나왔다. 내가 태어나기 수십 년 전 노래다.

"오, 『나니와의 매미소리』인가. 좋은 취미구나."

"후후후. 역시 알고 계셨군요, 혼돈 님. 자, 듣는 게 전문이라고 하셨습니다만, 같이 한 곡 부르시지요."

마이크를 받아들고 목을 푸는 【아저씨 마신】. 갑자기 노래방이 변두리에 있는 선술집이 돼버렸다.

"날 위해서라면 마누라도 울리지♪ 불만 있느냐 매미 소리야♪"

"반한 남자에겐 꿈이 있어요♪ 힘들어도 따라가렵니다♪"

피처링을 안 시킨 건 다행이지만, 과연 이런 캐릭터 송을 사려는 사람이 있을까…… 그렇게 생각하는 사이에, 노래가 대사 파트로 들어갔다.

"술이다 술! 버본 가져와!"

"여보, 그만 좀 하세요! 제발 일 좀 하세요!"

거기서 문득, 엘미라와 눈이 마주쳤다. 그녀는 눈빛으로 「저, 그냥 가면 안 되나요?」라고 말했다.

"아아아~ 나니와아~♪"

"매미소리이~♪"

마침내 두 사람의 노래가 끝났고, 노래방 기계는 95점을 내놓았다. 얄궂게도 지금까지 중에서 제일 높은 점수였다.

"크하하하! 이거 꽤 기분 좋구나!"

기분 좋게 웃는 혼돈에게 술집 마담처럼 미소를 지어 보이는 주리.

"역시 잘 부르십니다, 혼돈 님. 그런데 여기 노래방 이용료는, 우롱차까지 포함해서 딱 오천 엔입니다. 【혼돈】 님의 배포를, 꼭 보여주셨으면 싶습니다만."

"뭐, 뭐라고? 겨우 한 곡 불렀는데?"

거기서 바로, 엘미라가 【마신】에게 잔을 들려줬다. 그리고 우롱차 피처를 들고는 잔에 따라줬다. 아무래도 주리의 의도를 눈치챈 것 같다.

"【마신】의 노래, 저도 감명을 받았어요. 혹시 혼돈은 사흉 중에서도 제일가는 미성을 지닌 게 아닌가요?"

"으하하하! 그런가? 오, 마침 딱 오천 엔이 있구만! 전 재산이지만!"

"훌륭하십니다! 혼돈 님은 이 나라 제일의 【마신】님이십니다."

"도철 따위는 절대로 따라오지도 못 하지요."

마담과 아가씨 사이에 낀 혼돈이 또다시 "크하하" 하고 웃었다.

……참고로 이 노래방은 그렇게 비싼 곳이 아니다. 이게 무슨 바가지 술집도 아니고.

여러분, 어른이 되면 항상 조심해야 합니다. 저도 조심하겠습니다.

36 러브레터

"저기, 코바야시 군. 잠깐 얘기할 게 있는데⋯⋯."

2교시 쉬는 시간.

같은 반 카와카미가 나한테 말을 걸더니 복도로 나가자고 했다.

카와카미는 수영부 소속으로 쇼트커트 머리의 귀여운 소녀다. 나랑은 같은 중학교 출신이고, 쾌활한 성격이라서 친구도 많다. 우리 2학년 B반에서도 중심 그룹에 소속돼 있다.

그런 카와카미가 이상하게 꾸물거리고 있었다. 불이 발그레해져서, 나랑 눈도 마주치지 못하고, 불안해하는 것처럼 심호흡을 반복하고 있다.

'이건 설마⋯⋯.'

고백하려는 게 아닐까? 카와카미가 날 좋아하는 건가?

설마 학교에서 「변태」라는 칭호를 마음껏 누리고 있는 코바야시 이치로를 좋아하는 여자가 있었을 줄이야⋯⋯ 대체 언제부터지? 혹시 중학교 때부터 쭉?

'카와카미의 마음은 고맙지만⋯⋯ 사귈 수는 없어.'

그렇다. 나는 「히노모리 류가의 배틀 스토리」에서 주인공의 친구 캐릭터다. 절대로 인기가 있어서는 안 되는 숙명을 짊어지고 있다. 아이돌처럼 연애는 절대로 있을 수 없는 일이다.

"코바야시 군, 저기…… 이걸."

다른 사람들한테 들키지 않게, 카와카미가 몰래 건네준 건—— 틀림없는 러브레터였다. 귀여운 핑크색 봉투에 하트 모양 스티커가 붙어 있다.

"카와카미, 네 마음은 정말 기뻐. 하지만 나한테는 친구 캐릭터의 숙명이——"

"이거 히노모리 군한테 전해줬으면 싶은데…… 코바야시 군, 친하잖아?"

류가한테. 내가 아니라.

네 이놈 카와카미. 내 숙명을 가지고 놀다니! 무지 창피하잖아!

"전부터 계속 마음이 있었거든…… 히노모리 군은, 뭐랄까, 즈카계잖아."

즈카계란 사실 '타카라즈카'계(系)를 말한다. 어원인 '다카라즈카 극단'은 모든 배역을 여성이 연기하는데, 그중에서도 남자 역할은 상당히 멋있어서 열렬한 팬들이 많다고 한다. 뭐, 요는 류가의 외모가 남장 여자 같단 말이다. 하긴, 류가도 어떤 의미에서는 즈카계라고 할 수 있지. 대외적으로는 남자지만.

"저기 코바야시 군. 히노모리 군 말인데, 여자 친구 없겠지?"

세미 남친이라면 여기 있습니다만.

지금 와서 말할 필요도 없는 일이지만, 히노모리 류가는 여자다. 그녀는 언젠가 여자로 돌아갈 때를 위해 날 상대로「연애 수행」을 하고 있다. 즉 나와 류가는 유사 연인 관계다.

물론 그걸 카와카미에게 말할 수는 없다. 메인 캐릭터 중에도 모르는 사람이 있는데, 관계자도 아닌 카와카미한테 그 비밀을 가르쳐줄 수는 없지.

"일단 류가한테 여자 친구는 없어. 하지만, 그게, 뭐랄까……."

떨떠름하게 말하는 내 앞에서, 카와카미의 눈이 휘둥그레졌다.

"혹시, 다른 여자애가 노리고 있는 거야? 엘미라라든지?"

"그러니까——."

"아니면 C반에 유키미야? 자주 같이 있었잖아! 그 둘이 상대면 승산이 없어!"

"아니, 그게——."

"그럼 E반 쿠로가메? 히노모리 군과 소꿉친구라고 들었는데! 설마 약혼한 사이라도 되는 거야?"

카와카미가 너무 열심히 캐물은 탓에, 나는 어느새 계단 있는 데까지 후퇴해 있었다. 여자가 바람피운 거냐고 따져댈 때의 남자가 이런 기분인지도 모르겠다.

"——코바야시. 왜 이런 데서 다투고 있는 거냐."

그때, 계단을 올라온 키가 큰 포니테일의 선배가 나한테 말을 걸었다.

검도부도 아닌데 항상 목도를 들고 다니는, 발랄하고 늠름한 여검사── 아오가사키 레이다.

"아, 아, 아오가사키 선배!"

가까이 다가온 아오가사키 선배를 보자마자 깜짝 놀라서 굳어버린 카와카미. 기분 탓인지 눈동자가 하트 모양으로 변한 것 같다. 그러고 보니 아오가사키 선배야말로 진정한 스카계지.

"넌…… 수영부에 카와카미…… 였지?"

"예, 맞아요! 기억해주시다니, 영광이에요!"

"기억하지. 우리 학교 수영부의 차기 주장 후보니까. 나도 남몰래 응원하고 있다. 부디 열심히 해주길 바란다."

"예, 헵! 열쉼히 하겠숩니다!"

차렷 자세에 갈라진 목소리로 말하는 카와카미에게 미소를 지어 보이고, 그대로 걸음을 옮기는『참무의 검사』.

잠시 그 뒷모습을 황홀한 표정으로 지켜보는 카와카미. 그런데, 갑자기 퍼뜩 정신을 차렸나 싶더니, 갑자기 내 손에 있던 러브레터를 채가 버렸다.

"돌려줘 코바야시 군! 역시 이거, 무효!"

"뭐?"

"아오가사키 선배! 잠깐만요! 이것 좀 읽어주세요!"

의외로 줏대가 없네, 카와카미.

……그 뒤에. 3교시 수업 때부터 방과 후까지, 어째선지

류가가 기분이 안 좋아 보였다.

집에 가는 길에 큰마음 먹고 물어봤더니, 그녀는 퉁퉁 부은 얼굴로 날 노려봤다.

"이치로. 카와카미 양이랑 무슨 얘기 했어?"

"⋯⋯응?"

"몰랐네. 카와카미 양이랑 사이가 좋았구나. 흐~응. 그래. 카와카미 양이 귀엽긴 하지."

아니, 그냥 내 숙명이 장난감이 됐을 뿐이라고⋯⋯ 너 때문에.

37 미야모토 여사

코바야시 이치로는 주인공 히노모리 류가의 친구 캐릭터다.

주로 일상 파트에서 재미있고 웃기는 짓으로 류가를 도와주는…… 그것이 내 사명이자 책무다. 하지만 그렇다고 해서 메인 캐릭터들하고만 교류를 가지는 건 아니다.

친구 캐릭터 된 자는 항상 안테나를 세우고 정보를 수집해서, 「그러고 보니 이런 얘기를 들었는데 말이야」라는 말로 류가에게 토픽을 전해줘야 한다. 그러기 위해서라도 인맥은 꼭 필요하다.

나는 문득 2학년 E반 교실로 갔다. 오랜만에 친구 쿠보와 얘기라도 해보려고.

쿠보는 1학년 때 같은 반이었다. 까까머리의 야구부원. 2학년이면서 4번을 맡았으니 정말 대단하다. 내가 던지는 시속 160km의 직구로 특훈을 한 덕분이겠지.

"어머나 코바야시 군. 무슨 일이야?"

문 앞에서 E반 교실을 들여다보고 있는데, 여학생 하나가 말을 걸어왔다.

한눈에 봐도 우등생처럼 보이는, 언더 림 안경을 쓴 미소녀…… 미야모토 치즈루였다.

그녀는 학생회 부회장이자 유력한 차기 회장 후보이며

문무양도의 재원이다. 그녀의 검술 실력은 전국 클래스이며, 지금은 일시적이지만 아오가사키 도장의 문하생으로 들어와 있다.

"아, 미야모토. 잠깐 쿠보 좀 보러 왔는데."

"쿠보 군이라면 좀 전에 나갔어. ……날 만나러 온 게 아니었네."

살짝 삐친 것처럼 입술을 삐죽 내미는 미야모토.

상당히 유감이지만, 예전에 시합에서 검을 주고받은 이후로 미야모토가 날 의식하고 있다.

"코바야시 군. 요즘 연습에 전혀 안 나오던데. 내가 아오가사키 도장에 단기 입문한 건 그쪽 때문이기도 하거든? 꼭 다시 한번 대련을——"

미야모토 양의 말이 끝나기도 전에. 갑자기 여학생 네 명이 우리 쪽으로 몰려왔다.

"미야모토 양! 떨어져! 쟤가 누군지 알기는 하는 거야?"

"습팬 코바야시야! 가슴과 팬티의 끝없는 탐구자라고!"

"미야모토 양이 엮여도 되는 존재가 아니야! 빨리 가슴 가려! 크기를 잴 거야!"

"저 자식 손을 조심해! 손거울로 치마 속을 보려고 할지도 몰라!"

제각기 실례되는 말을 하면서 포메이션을 편성하고 미야모토를 가드하는 여학생들. 누가 습팬 코바야시라는 건데.

"야 너희들. 나라고 24시간 계속 야한 생각만 하는 건 아니라고. 꽃을 보면 상냥한 기분이 들기도 한단 말이야."

"거짓말! 안 속아! 꽃을 보면 팬티 무늬만 생각할 게 뻔해!"

"왜냐하면 넌 습팬 코바야시니까! 가슴과 팬티의 탐구자니까!"

마지막에는 네 명이 동시에 같은 말을 했다. 나중에 들었는데 네 명이 전부 연극부라는 것 같다.

"잠깐만. 다들 코바야시 군을 오해하고 있어."

거기서 미야모토가 네 사람을 달래면서 내 앞에 와서 섰다.

"분명히 나도 예전에는 그를 습팬 코바야시라고 불렀어."

불렀던 거냐.

"하지만 시합을 해보고 알았어. 그건 코바야시 군의 극히 일부에 불과하다는 걸. 오히려 그 변태성은 코바야시 이치로의 본성을 감추기 위한 베일이 아닌가 싶어."

뭔가 분석을 하고 있네. 아니, 그냥 습팬 코바야시라도 괜찮은데…….

"그러니까 너희도 편견을 버려줘. 난 코바야시 군을 차기 학생회장으로 추천할 생각까지──"

미야모토 양이 무시무시한 말을 하려고 했지만, 또다시 중간에 잘리고 말았다.

힘차게 교실로 뛰어 들어온 키 작은 여학생이 입구 바로 옆에 서 있던 내 등에 픽! 하고 부딪쳤기 때문이다.

뒤에서 떠밀린 탓에 나는 힘차게 앞으로 고꾸라졌다. 내 앞에 있던 미야모토 양까지 끌어들여서, 뒤엉키는 모양으로 같이 쓰러져버렸다.

그 결과, 나는—— 미야모토 양 위에 올라탔고, 그 가슴을 손으로 움켜쥐고 있었다.

게다가 그녀의 치맛자락이 말려 올라간 탓에 하얀 천까지 슬쩍 보고 말았다.

직후, 미야모토가 "이 바보가!"라면서 뺨을 때렸다. 아니야! 불가항력이야!

"그건 짓은 다른 사람들 없을 때 해! 학교에서 내 입장도 생각하라고!"

화내는 포인트가 잘못됐어!

급하게 미야모토 위에서 비킨 나한테, 연극부원들의 비난이 쏟아졌다.

"지금 가슴 만졌어! 동시에 재빠르게 팬티도 봤어!"

"습관 코바야시, 절반을 두 개 따내서 한판! 그리고, 그걸 도와준 사람은……."

네 사람이 일제히 고개를 돌렸고, 거기에는 쿠로가메가 있었다. 한쪽 손으로 이마를 문지르며, 쿠로가메도 날 비난하고 있다.

"아야야…… 뭐야 잇군. 문 앞에 서 있으면 위험하잖아! 부딪치면 어쩌려고 그래? 이미 부딪쳤지만!"

"그건 미안한데…… 그렇게 뛰어오면 어쨌거나 위험하잖아."

"내 반사 신경이면 괜찮아! 가볍게 피할 수 있어! 못 피했지만!"

완전히 깜박하고 있었다. 이 녀석도 E반이었지. 넌 정말 내 천적이라니까…….

"그런데 치짱은 왜 팬티를 보여주고 있어?"

쿠로가메 양의 지적을 받고 미야모토가 허둥지둥 치맛자락을 바로잡았을 때.

"……어라, 코바잖아. 뭐야, 우리 반에 온 거냐. 너 보려고 B반에 갔었는데."

당초 목적이었던, 까까머리 쿠보가 돌아왔다.

아깝게 됐다 쿠보. 3초만 빨리 왔으면 미야모토의 꽃무늬 팬티를 볼 수 있었는데.

38 도철 일본사

"저기, 텟짱. 너 분명히 오다 노부나가랑 아는 사이라고 했었지."

내 방에서 숙제를 하고 있던 나는 침대에서 만화책을 보고 있는 【마신】 도철에게 그렇게 물었다.

이 녀석은 수백 년도 전부터 숙주를 바꿔가며 인간계에 숨어 있었다. 어쩐 의미에서 보면 역사의 산증인이라고도 할 수 있다.

어쩌면 이런저런 유명인들을 알고 있지 않을까…… 그런 생각을 했다.

"노부짱이 무슨 문제라도 있습니까?"

"아니, 정말로 대단한 사람이었어? 그나저나 너 혹시, 노부나가가 숙주였던 거야?"

"아뇨. 당시에 제가 숙주로 삼았던 건 코바야시 고사쿠라는 보졸이었습죠. 나리의 조상입니다."

내 선조 코바야시 고사쿠…… 슬프지만, 역사에서는 전혀 이름을 찾아볼 수가 없다.

"고사쿠는 꽤 오래전부터 노부짱이랑 같이 다녔지요. 이마가와랑 배틀을 벌였을 때는 천 명의 부대를 혼자서 해치우기도 했고요. 뭐, 제가 힘을 빌려주기는 했습니다만."

고사쿠, 의외로 대단했다. 오케하자마에서 무쌍이었다.

"그렇게 큰 공을 세웠는데, 왜 우리 조상은 이름이 알려지지 않은 거야?"

"고사쿠는 말이죠. 노부짱을 띄워주는 데 목숨을 걸었거든요.『나같이 시시한 놈이 눈에 띄면 안 돼』,『주인공은 노부짱이니까』라면서."

고사쿠는 틀림없이 내 조상님이다. 전국시대에 잘도 친구 캐릭터가 되려고 하셨네…….

"노부짱이 몇 번이나 다이묘 자리를 주려고 했는데, 계속 거절했지요. 공은 전부 토짱한테 줬고."

"토짱? 설마, 키노시타 토키치로?"

"예."

키노시타 토키치로는 한마디로 도요토미 히데요시다. 설마 우리 조상님이 히데요시의 출세와 관계가 있었을 줄은 생각도 못 했다.

"뭐, 결국 노부짱은 혼노지에서 죽었지만요. 그때, 고사쿠가 상당히 풀이 죽었었죠……『내 플롯, 다 망쳤잖아!』라면서."

그 시대에 플롯이라는 말이 있었나?

"오다 노부나가 말고, 텟짱이 알고 있는 역사상 인물 또 있어?"

"음~…… 마속이라든지?"

마속. 갑자기 삼국지로 날아가 버렸다.

대군사 제갈량이 아끼던 무장으로, 지휘를 맡은 전투에

서 크게 패배해서 어쩔 수 없이 처형했던 인물이다. 「읍참마속」이라는 말도 거기서 나왔다.

"저희【마신】은 처음엔 대륙에 있었으니까요. 그 뒤에 바로 이쪽으로 넘어왔지만."

"마속에 대해 자세히는 모르지만, 뭐 역사에 남을 만큼의 무장이니까. 역시 대단한 사람이었어?"

"산 타는 걸 좋아했습죠. 마지막 말은『잠깐! 마철을 베면 안 될까?』였습니다."

그건 아니지. 인터넷에서 검색해봤더니 마철은 그때 이미 죽어 있었다.

"또 아는 사람 없어?"

"일본에 온 다음에는 쇼토쿠타이시(573~621)라든지."

"엑? 진짜? 실제로 있었어?"

"예. 항상 코딱지를 파고 있었죠. 그걸 크기 순서대로 기둥에 붙여놨습니다."

"…………."

"그리고 타이라노 키요모리(1118~1181). 개똥만 보면 항상 5분 정도 나뭇가지로 찔러댔습니다.『겐지 네 이놈. 에잇, 에잇』하면서."

"…………."

"그리고 도쿠가와 요시무네(1684~1751).『무네린파』라는 개그를 했는데, 항상 썰렁했었지요. 썰렁 개그 쇼군이었습니다."

"잠깐만. 이제 됐어."

위인들의 치부를 너무 많이 밝혀내는 것도 그렇잖아. 조용히 어둠 속에 묻어두자.

"뭐, 그 시절에는 제가 잠들어 있어서 면식이 있었던 건 아닙니다. 그 시절의 숙주 속에서, 반쯤 잠든 상태로 봤을 뿐이죠."

"그렇구나……."

"헤이안 시대쯤부터 계속 코바야시 가문 사람을 숙주로 삼았었지요. 나리가 몇 대째더라?"

우리 집안도 의외로 역사가 길구나. 잘도 대가 안 끊었네.

"우리 집안 말이야, 오닌의 난(1467~1477) 때는 어느 쪽에 붙었어? 동군? 서군?"

"북군임다."

"그건 또 어디야!"

"멋대로 만들었다나 봅니다. 다섯 명밖에 없어서 상대도 안 해줬지만."

"세키가하라 전투(1600年)에서는 어느 쪽에 붙었어? 동군이야? 서군이야?"

"남남서군입죠."

"그래서 그건 또 어디냐고!"

"멋대로 만들었다나 봅니다. 세 명밖에 없어서 상대도 안 해줬지만."

"아까보다 두 명이나 줄었잖아! 정나미가 떨어진 거냐!"

221

코바야시 가문의 치부가 역사에 남지 않아서 다행이다.

『세키가하라 전투에서 남남서군으로 참가하려 했던 얼 간이가 있었다. 그 이름의 인물을 적으시오.』

……역사 시험에 이런 문제가 나온다면, 난 얼굴이 새빨 개지겠지.

39 볼케이노

"엘미라, 부탁해, 제발."

그날. 나는 흡혈귀 소녀를 공원으로 불러내서는 고개를 깊이 숙이고 부탁했다.

"제발 네 『불을 조종하는 이능력』으로 해저화산을 분화하게 해줄 수 없을까. 그걸로 작은 섬을 하나 만들고."

"코바야시 이치로. 무슨 말인지 도무지 모르겠는데요. 어디서 머리라도 부딪쳤나요?"

곤혹스러워하는 『상암의 일족』에게, 절실한 표정과 말투로 설명했다. 어째서 섬이 필요한지…… 그 이유를.

"엘미라도 알고 있다시피, 『나락의 사도』는 결코 하나로 뭉친 조직이 아니야. 언젠가는 우리 편이 되는 사도가 있을 수도 있어. 우리 삼공주처럼."

"그야 뭐, 있을 수 있는 일이기는 하겠죠."

"『인간과 사도의 공존』을 생각하는 우리가 그들이 안주할 땅을 만들어줘야 한다고 생각해. 우리 집은 이미 용량이 한계에 달했어."

그래서 섬이 필요하다는 얘기다.

먼저 「사도 아일랜드」를 만들고 조금씩 인간과 교류하게 하면서 단계적으로 융화하는 게 제일 좋겠다고 생각했다.

엘미라가 내뿜는 불꽃은 정말 강력하다. 그 힘을 이용하면

해저화산을 분화시킬 수 있을지도 모른다.

"그러니까 엘미라, 궁극 오의 볼케이노를 한 방 날려줘."

"저한테 그런 궁극 오의는 없습니다만."

"그래도 분화하지 않으면 초궁극 오의 볼케이노테스를 날려줬으면 싶고."

"제 말 들었나요?"

"……알았어. 섬 이름은 『엘 아일랜드』로 하자. 네 공적을 찬양해서."

"그러면 넘어갈 줄 알았나요?!"

고집쟁이 흡혈귀가 앉아 있는 벤치를 탁! 두드리면서 분개했다.

"그런 이상한 이유로 사람을 불러내지 마세요! 저, 자는 중이었거든요?"

"제발 어떻게든 해줘! 바다에 섬을, 섬을 만들어줘!"

"해저화산을 분화해서 섬을 만들려면 얼마나 많은 에너지가 필요한지는 알고 있나요? 그리고 섬이 생기더라도 그건 국유지…… 사물화가 불가능하다는 건 알고 계시고요?"

창피하지만 전혀 몰랐다. 그래도 섬 하나로 통째로 가질 수는 없어도, 절반 정도는 발견한 사람이 가질 수 있을 줄 알았다.

크게 낙담하고 있는데. 마실 걸 사러 갔던 미온이 돌아왔다.

"자, 이치로 군. 그러니까 무리라고 했잖아? 볼미라가 곤란해하잖아."

"이름에 볼케이노를 섞지 마세요! 다시 말씀드리지만 그런 궁극 오의는 없어요!"

또다시 벤치를 탁탁 두드린 엘미라를 무시하고, 우리한테 녹차 페트병을 나눠주는 백로 소녀. 그리고 자기도 벤치에 앉아서 느긋하게 녹차를 마시기 시작했다.

"그리고 만약에 섬이 손에 들어온다고 해도, 인프라를 갖추기 어렵잖아. 수도는 물론이고 전기랑 가스…… 집도 지어야 하고."

툇마루에서 잡담이라도 하는 것처럼 말하는 미온에게, 나도 녹차를 들이켜면서 대답했다.

"가스는 문제없어. 엘미라의 볼케이노로 어떻게든 될 거야."

"그 이상한 오의를 쓴다는 걸 전제로 말하지 말라니까요?"

"하지만, 불꽃 능력자라는 볼케이노는 엘미라밖에 없다고!"

"그런 직업은 존재하지 않아요!"

말귀를 못 알아듣는 흡혈귀 때문에 얼굴을 마주 보며 탄식하는 나와 미온.

역시 안 되는 건가. 인류와 사도가 공존하는 건 결국 꿈 같은 얘기였나…… 아냐, 아직 포기하기는 일러. 뭐든지 해보지 않으면 모르는 일이야.

"아무튼 엘미라. 한 번이라도 좋으니까 볼케이노를 써주면 안 될까."

"제가 아니라 류가한테 부탁해보시죠? 그쪽도 불꽃의 이능력은 쓸 수 있잖아요."

하긴, 맞는 말이다. 우리의 주인공 히노모리 류가는 올마이티한 능력자니까.

유키미야처럼 치유 능력도 쓸 수 있고, 아오가사키 선배처럼 진공파도 날릴 수 있다. 류가는 온갖 능력에 정통했기 때문에 최강이다.

하지만, 나는 바로 기각했다.

"무슨 소리야 엘미라! 주인공한테 이렇게 갑자기 떠오른 심심풀이 같은 일을 시키자는 거야!"

"저라면 괜찮은 이유를 말해보세요!"

"무엇보다 말이야, 그건 알고 있어! 해저화산을 분화시켜서 섬으로 만들려면 얼마나 큰 에너지가 필요한지! 섬이 만들어진다고 해도 그게 국유지가 된다는 걸!"

"통째로 베끼지 마세요! 그건 방금 제가 했던 말이잖아요!"

뜨겁게 달아오른 우리를 미온이 황급히 달래려고 했다.

"그, 그만해 이치로 군, 볼케라."

"그 정도면 이미 90%는 볼케이노잖아요! 그만 좀 하세요, 당신들!"

엘미라가 머리 위에 펑, 하고 도깨비불을 불러낸 걸 보고, 나와 미온은 바로 벤치에서 도망쳤다. 직후, 날아온 불덩어리가 지면에 격돌하면서 주위 일대가 쿠구궁 진동했다.

……소형 볼케이노였다. 뭐야, 역시 할 수 있잖아.
뭐든지 해보지 않으면 모르는 법이라니까.

40 불온한 공기

그날, 우리 집 식탁에는 긴장된 공기가 감돌고 있었다.

나를 숙주로 삼고 있는【마신】, 도철과 혼돈── 조금 전부터 그 둘이 일촉즉발 상태로 서로를 노려보고 있기 때문이다.

"혼돈. 역시 너하고는 결판을 내야 할 것 같다."

"그래 좋다. 지금 당장 한 판 붙어 볼까? 응?"

험악한 분위기의【마신】들 때문에, 삼공주도 긴장된 표정이다.

그야 당연하겠지. 아무리 미온네가 최강 랭크의 사도라고 해도 상대는 왕이다. 규격을 벗어난 전투력을 지닌 사흉들의 싸움은 말릴 수도 없을 테니까.

"무엇보다 말이야, 넌 신참 주제에 태도가 너무 건방져. 먼저 나리를 숙주로 삼은 건 나거든? 따지자면 내가 선배거든?"

"먼저고 나중이고가 어디 있어. 왜 이 몸이 네놈 같은【얼간이 마신】눈치를 봐야 하는데. 까불지 마라, 텟짱.

결국 온몸에서 방대한 사기를 발산시키는 둘.

이대로 가면 집이 부서질지도 모른다…… 그렇게 걱정한 나는, 큰마음 먹고 중재역을 맡기로 했다.

"너희들 그만 좀 해. 밥맛 떨어지잖아. 대체 뭣 때문에 싸우는 거야."

사실은 나도 싸우는 이유를 모른다. 아무래도 내 안에 있는 동안에 무슨 일이 있었던 것 같은데, 난 저녁밥 먹기 직전까지 낮잠을 잤기 때문에 무슨 얘기를 했는지 하나도 못 들었다.

"대단한 일은 아닙니다요. 이 녀석이 세상의 도리라는 걸 몰라서 말이죠⋯⋯."

"텟짱 네놈이야말로 뭘 모른다. 네놈의 감성은 대체 어떻게 된 거냐?"

"보잉 무스메에서 제일 귀여운 건, 당연히 아미짱 아니냐고!"

"웃기지 마라! 아무리 생각해도 토못페잖아!"

아이돌 그룹 때문에 싸운 거냐! 정말로 시시한 일이었네!

"아미짱이 경례 포즈로 윙크하는 거 못 봤냐! 그거야말로 보잉 무스메를 그대로 보여주는 거라고!"

"토못페의 푸근한 토크도 못 들어봤냐! 그 혀 짧은 말투, 가슴이 뛰잖아!"

"네놈이 토못페를 좋아하는 건 단순히 제일 어려서잖아!"

"네놈이야말로 아미짱이 F컵이라서 좋아하는 것뿐이잖아! 동기가 불순해!"

고개를 돌려보니 삼공주가 힘이 쭉 빠져 있었다. 얼굴에는「괜히 긴장했네」라고 쓰여 있다.

나는 조금 수수한 에리린이 좋다고 생각하는데⋯⋯ 불난

집에 부채질하는 꼴이니 가만히 있자. 아무튼 보잉 무스메 말고 다른 얘기로 돌리는 게 좋겠지.

"저기 텟짱이랑 혼돈. 너희들 삼공주 중에서라면 누가 좋아? 여기 세 명도 이계에서는 아이돌만큼이나 인기가 있었다면서?"

직후, 이번에는 삼공주한테 찌릿찌릿한 긴장이 감돌았다. 갑자기 젓가락을 내려놓고, 자세를 바로잡고, 갑자기 머리카락을 다듬기 시작했다.

"삼공주 말입니까? 그렇군요……."

"삼공주라면, 역시……."

음~ 소리를 내면서 생각에 잠기는 도철과 혼돈.

갑자기 미온이 방긋 웃으면서【마신】들에게 말했다.

"도철 님, 혼돈 님. 된장국 더 드시겠어요? 아, 밥그릇도 비었네요. 자, 사양 말고 더 드세요."

이어서 주리가 주전자를 들었고, 마찬가지로 방긋 웃었다.

"물잔이 비었네요. 이 주리가 따라드리겠습니다. 자, 쭈욱 드세요."

키키도 지지 않겠다는 것처럼 행주를 집어 들더니,【마신】들 앞쪽을 닦기 시작했다.

"간장을 흘려쭙니다. 괜찮쭙니다, 키키가 닦게쭙니다."

말할 필요도 없는 일이지만, 평소에는 절대로 이런 짓을 안 한다. 정말 우스운 점수다.

"그래. 나중에 귀도 파드릴게요. 이 미온, 귀 파기는 정말 자신이 있습니다."

"마사지는 어떠신지요? 부디 이 주리에게 명해주십시오."

"키키는 손톱을 다듬어 주게쭙니다. 손톱 줄로 쓱싹쓱싹 하면 매끈매끈 해집니다."

유난히 친절한 부하들을 보고, 서로 얼굴을 마주 보는 사흉 둘. 싸웠다는 건 이미 잊어버린 것 같다.

"헌데 도철 님 혼돈 님. 두 분은 누구를 좋아하시나요?"

삼공주한테서 방대한 사기가 피어오르고 있다. 【마신】을 능가할 정도로.

기분 탓인지 집이 쿠구구구궁 하며 울리고 있다. 탁자 위에 있는 밥그릇도 달그락달그락 소리를 낸다.

"잘 생각하고 선택해 주십시오. 가능한 두 분의 용돈을 줄이는 짓은 하고 싶지 않습니다."

"저도 왕께 뜨거운 차를 뿌리는 무례한 짓은 최대한 피하고 싶사옵니다."

"키키도 날뛰다가 소중한 집을 파괴하고 싶지 않쭙니다."

……그 뒤에. 도철은 주리를, 혼돈은 키키를, 그리고 나는 미온이 좋다고 해서 간신히 삼공주를 납득하게 했다.

"이거 참, 사실은 고를 수가 없다니까. 너희들의 매력 앞에서, 보잉 무스메 따위는 비교도 안 되거든."

"그래. 이렇게 예쁜 것들이 셋이나 모여 있다니, 이건 기적이라고밖에 할 말이 없지."

그런 말을 하면서, 【마신】들이 삼공주의 잔에 물을 따라줬다.

쓸데없는 말을 꺼낸 책임을 지기 위해, 나도 솔선해서 설거지를 했다.

우리 집에서는 왕보다, 집주인보다—— 삼공주가 더 강하다.

41 닉네임

류가를 비롯한 메인 캐릭터들은 각자 자기 몸에 수호신이 깃들어 있다.

유키미야 시오리의 【백호】. 아오가사키 레이의 【청룡】. 엘미라 매카트니의 【주작】. 쿠로가메 리나의 【현무】. 소위 말하는 사신이라는 것들이다.

그리고 우리의 히노모리 류가는 그런 사신을 이끄는 【황룡】── 굳이 설명할 필요도 없는 일이겠지만.

하지만 나는 거기에 대해 한 가지 우려하는 일이 있다. 수호신들의 호칭에 대한 문제다.

류가는 【황룡】에게 『론땅』이라는 별명을 붙였다.

쿠로가메 양은 【현무】를 『가메오 군』이라고 부르고. 참고로 【현무】는 꼬리가 뱀인데, 그쪽은 『꼬물스케』라는 것 같다.

'혹시 우리 메인 캐릭터들은…… 네이밍 센스가 엉망인 게 아닐까?'

만약 그게 사실이라면 심각한 사태다. 위대한 수호신들을 너무 코미컬하게 부르면 배틀 등에서 지장이 발생할 가능성이 있다.

남은 유키미야, 아오가사키, 엘미라도 어쩌면 사신에게 애칭을 붙였을지도 모른다. 그게 한심한 이름이라면 똑바로 지도해줘야만 하겠지.

그런 이유로, 나는 점심시간에 그 세 명을 옥상에 모이도록 했다.

"다른 사람들이 수호신을 어떻게 부르고 있는지, 나도 궁금하네."

그렇게 말한 류가도 입회하게 했다. 그렇게 해서 인적 없는 옥상에, 쿠로가메 리나를 제외한 메인 캐릭터들이 전부 모였다.

쿠로가메 양은 없어도 별 상관없다. 이미 수호신의 애칭도, 그 이상한 네이밍 센스도 다 알고 있으니까. 기본적으로 스토리에 엮이지 않는…… 그런 캐릭터니까.

"볼일이라는 건 다른 게 아니고, 다들 자기 수호신한테 별명이라든지 지어줬어?"

내 질문에 일제히 고개를 끄덕이는 유키미야, 아오가사키, 엘미라.

그럴 줄 알았어. 여고생이라는 생물이니까 당연히 그랬겠지.

"유키미야는 【백호】를 어떻게 부르고 있어?"

"그렇게 물으시면 조금 창피하네요…… 저는 그 아이를 『뱌토란』이라고 부르고 있어요."

아아, 첫 번째부터 한심한 게 나왔다.

너무 안이한 데다가 위엄이 전혀 느껴지질 않는다. 뭐랄까, 『화이트 팡』 같은 이름으로 하면 안 될까.

"헤에, 『뱌토란』이라니, 좋은 이름이네 시오리."

떨떠름한 얼굴인 나와 대조적으로, 류가가 그 애칭을 칭찬했다. 기쁜 듯이 수줍어하는 유키미야.

"아오가사키 선배는【청룡】한테 어떤 이름을?"

"나는 그 아이에게『오키타』라는 이름을 지었다. 그 신센구미 1번대 대장 오키타 소지에서 따온 이름이다."

비교적 멀쩡한 게 나왔네. 굳이 따지자면『소지』가 더 멋있을 것도 같지만, 일단은 넘어가자.

"어떤가, 용장한 이름이지. 애칭은『옷군』이다."

왜 또 애칭인데! 애칭에 애칭을 붙이면 어쩌자는 거야!

"응, 괜찮은데『옷군』."

류가가 또 칭찬했다. 아오가사키 선배가 만족스레 콧김을 내뿜었다.

"엘미라는【주작】한테 어떤 이름을?"

"저는 그 아이를『에칼라트 베르밀리온 푸르푸르』라고 부르고 있어요. 전부 프랑스어로 붉은색이라는 의미죠."

길어. 혀 깨물겠다. 전투 중에 "가세요! 에칼라트 베르밀리온 푸르푸르!"라고 말하는 사이에 공격당하겠어.

그 문제점을 지적했더니 에르미라 양은 걱정하지 말라는 것처럼 어깨를 으쓱거렸다.

"괜찮습니다. 줄여서『푸르푸르』라고 부르고 있으니까."

대체 어딜 선택한 거야! 제일 꼴사나운 부분이잖아!

"흐음,『푸르푸르』라. 좋은 느낌인데, 엘."

류가는 이것도 마음에 든 모양이다. 넌 결국 귀여우면

다 좋다는 거냐…….

"저기 말이야. 수호신이니까 뭔가 좀 더 강해 보이는 이름을 지어주는 게 어떨까."

혹시나 싶어서 그렇게 말해봤지만, 역시 그녀들은 들을 생각도 안 했다.

"강한 것보다 귀여운 쪽이 중요하지 않을까요."

"음. 애착이 생기면 그만큼 수호신과의 적합성도 높아지는 법이다."

"안 그래도 원래 이름은 너무 답답하니까요."

그런 세 사람에게 고개를 끄덕이며 공감한 뒤에, 류가가 탁, 하고 손뼉을 쳤다.

"그래. 하는 김에 삼공주한테도 별명을 지어줘 볼까?"

"그거 좋네요. 히노모리 군. 그러니까……『밍밍』『쥬삐』『키짱』이면 어떨까요."

"난 『콘도』『히지카타』『나가쿠라』를 제안한다."

"그냥 『미팡』『쥬겐』『키에몽』*이면 되지 않을까요? 악당 삼인조니까."

"좋았어. 그럼 하나씩 채용해서 『밍밍』『히지카타』『키에몽』으로…….."

이봐 미온, 주리, 키키. 집에 가면 안 좋은 소식을 전해야 할 것 같다.

---

*루팡 3세에 등장하는 루팡, 지겐 다이스케, 이시카와 고에몽에서 따온 이름

다음에 메인 캐릭터들이랑 만났을 때, 너희들을 엄청난 별명으로 부를 거야.

42 사라진 괴수

"키키! 그만 좀 해!"

"키키는 분명히 장난감 상자에 넣어쭙니다! 범인은 미온밖에 업쭙니다!"

그날. 집에 돌아온 나는 여자 사도들의 수라장과 마주쳤다.

아무래도 키키의 장난감 상자에서, 소중하게 여기던 괴수 소프트 비닐 인형이 하나 사라졌다는 것 같다. 키키는 항상 청소 열심인 백로 사도가 의심이 간다는 것 같다.

"키키가 나가기 전에는 분명히 있어쭙니다! 틀림없이 미온이 감춘 겁니다!"

"내가 청소하긴 했지만, 금색 괴수는 건드리지도 않았다니까."

"황금 괴수 코로고로나는 시청자 선물로만 받을 수 있는 한정판입니다! 다시는 손에 넣을 수 업쭙니다!"

"그렇게 중요한 괴수면 더 잘 보관해야지. 항상 정리하지도 않고 아무 데나 어질러놓은 게 대체 누구지?"

"또 가지고 놀 건데 왜 정리해야 하는 겁니까! 미온 얼굴은 이제 보고 싶지도 않쭙니다!"

내가 중재할 틈도 없이 키키가 미온의 등을 찰싹 때렸고, 그대로 거실에서 뛰쳐나갔다. 미온이 "아프잖아!"라고 소리쳤을 때는 이미 현관문 열리는 소리가 났다.

"오늘은 모녀 싸움이 유난히 심하네."

"자매 싸움이라고 해줄래?"

날 사납게 노려본 뒤에 후, 하고 한숨을 쉬는 둘째. 얼굴에 주름살이 생기는 건 아닌지 걱정된다.

"뭐, 왜 싸웠는지는 대충 알겠어. 그 금색 괴수가 당첨됐을 때 엄청나게 좋아했으니까…… 대체 어디 간 거지?"

"괴수도 걱정되지만, 키키가 요즘 집에 늦게 들어와."

그러고 보니 키키가 가끔 나보다 늦게 돌아올 때가 있다.

하지만 그건 놀이터에서 친구들과 놀다가 늦게 온 거라고 했었다. 혹시 황금 괴수 코로고로나를 놀이터에 두고 온 건 아닐까?"

"요즘 키키가, 조금 멍하니 있나 싶다가도 조금 전처럼 예민해질 때가 있다니까. 반항기라서 그러나…….."

그렇게 말하고 부엌으로 가는 미온의 등에는——「귀신 할멈」이라는 종이가 테이프로 붙여져 있다. 조금 전에 셋째가 붙여놓은 것 같다.

……몇 분 뒤에. 키키를 찾으러 놀이터에 가봤더니 역시나 거기에 있었다.

엄마들 손에 이끌려서 집에 가는 유치원 아이들이 키키한테 "내일 봐"라면서 손을 흔들고 있다.

그런 아이들한테 손을 흔들어주는 키키의 뒷모습이 왠지 쓸쓸해 보였다.

"어~이, 키키."

내 목소리를 듣고 고개를 돌린 키키는 역시나 왠지 힘이 없었다.

타박타박 걸어온 바가지머리 위에 살며시 손을 얹었다.

"저기 키키. 아까 시내 호비 숍에 전화해봤더니 말이야, 마침 하나 있대. 황금 괴수 코로고로나."

그 정보를 듣더니 키키가 바로 "저, 정말임니까?"라고 반응을 보였다.

"그래. 중고지만 보존 상태가 좋다는 것 같다. 지금 사러 가자!"

"가는 검니다! 빨리, 빨리!"

키키의 자그마한 손을 잡고, 저녁노을에 물든 길을 걸어 갔다. 키키가 신이 나서 말하는 괴수 강의를 들으며.

……호비 숍이 보이기 시작하자 키키의 걸음걸이가 점점 빨라졌다. 마지막에는 거의 뛰어서, 서둘러 가게로 들어갔다.

이렇게 해서 새로운 황금 괴수 코로고로나를, 무사히 손에 넣었다. ……그런데.

"어라? 이거, 키키 것임니다."

그 소프트 비닐 인형 발바닥에는 매직으로 『키키』라고 적혀 있었다. 키키는 항상 자기 괴수 왼쪽 발바닥에 이름을 적어놓는다.

이게 어떻게 된 일이지? 당혹스러워하고 있는데 점장 아저씨가 날 보면서 말했다.

"어이쿠, 역시 다시 사러 온 건가? 뭐, 한정판이니까. 원래 주인이고 발바닥에 이름도 있으니까, 800엔으로 깎아줄게."

"저, 저기, 이거 팔러 온 사람이…… 저였나요?"

"너였잖아. 점심때 좀 지나서 와서『이 괴수, 얼마에 사시겠습니까?』라고 했다고."

그 녀석이 누구인지, 나는 바로 알아차렸다. 키키도 알아차린 것 같다.

서둘러 집에 돌아가서 나랑 똑같이 생긴【마신】도철에게 따졌다. 그 녀석은 계속 눈을 이리저리 돌리고 횡설수설하며 잡아뗐다.

"그, 그게 저였던가요. 나리랑 생이별한 쌍둥이 아닐까요? 아마 코바야시 지로 군 아닐까요."

2층 창밖으로 내던져버릴까 싶었지만, 의외로 키키가 어른스럽게 반응했다.

"코로고로나가 돌아왔으니까 돼쫍니다. 누구나 그럴 수 이쫍니다. 아마 도철 남작도 마음속으로는 반성 중일 겁니다."

그렇게 말하고【마신】의 등을 톡, 하고 때리는 키키.

"반성해, 반성하고말고! 신간 만화를 빨리 읽고 싶었던 나를!"

……그 뒤에. 저녁 식사 자리에서 키키는 완전히 원래 모습으로 돌아와 있었다.

"미온. 의심해서 미안합니다. 키키는 역시 미온이 정말 좋쭙니다."

　"뭐, 뭐야? 이상하게 기특한 소리를 다 하네…… 하는 수 없지, 등에 종이 붙인 건 용서해줄게."

　사이좋게 닭백숙을 먹는 두 사람을 보며 안도하는 도철.

　그 등에는 「바보 마신」이라고 적힌 종이가 붙어 있었다.

43 말도 안 되는 소리

이 이야기의 주인공 히노모리 류가는 사실 여자다.

현재 그 비밀을 알고 있는 사람은 류가 주위에 네 명. 동생인 히노모리 쿄카, 친구인 나 코바야시 이치로, 소꿉친구인 쿠로가메 리나, 그리고—— 아오가사키 레이다.

아오가사키 선배에게 류가의 성별을 들킨 뒤로, 두 사람은 아주 빠르게 친해졌다. 류가는 코스프레, 아오가사키 선배는 패션…… 「의상」이라는 공통된 취미가 있어서 지금은 완전히 동호인 같은 느낌이 됐다.

'정말, 이대로 괜찮은 걸까.'

내 우려와 반대로, 류가와 아오가사키 선배는 자기 취미를 이해해주는 사람이 생겼다면서 기뻐하고 있다. 오늘도 류가네 집에서 코스프레 쇼 & 패션쇼가 한창이다.

"짜잔~! 베트남 민속 의상 아오자이야! 어때?"

그렇게 말하고, 류가가 그 자리에서 한 바퀴 빙글 돌았다.

아래에는 긴 바지, 위쪽에는 체형이 딱 드러나는 차이나 드레스 같은 옷이다. 머리에 쓴 원추형 삿갓은 논라라는 이름인 것 같고.

의상 디자인상 흉부의 모양이 더할 나위 없이 강조되고 있다. 아쉽게도 우리의 주인공은 그럭저럭한 크기의 흉부를 지니셨다.

쓸쓸한 표정을 짓고 있는 내 옆에서, 아오가사키 선배가 몸을 앞으로 내밀며 "으음" 하는 소리를 냈다.

"훌륭한 맵시다. 역시 오류는 프로포션이 아주 좋아."

"에헤헤. 고마워 레이짱."

쑥스러워하며 머리를 긁는 류가. 참고로 두 사람은 취미의 자리에서는 서로를 「레이짱」, 「오류」라고 부른다. 이 또한 탄식해 마땅한 일이다.

"그럼 이번엔 레이짱 차례야."

"아니. 나는 아까 그 옷이 마지막이다. 지금부터는 오류의 코스프레 쇼를 즐기도록 하겠다."

"그래? 그럼, 레이도 같이 코스프레 할까?"

"뭐? 아, 아니, 하지만……."

아오가사키 선배가 나를 슬쩍 봤다. 자기가 코디네이트한 옷이라면 몰라도, 코스프레 차림새를 나한테 보여주는 건 역시 창피하겠지.

"괜찮아! 레이짱은 몸매가 좋으니까, 뭐든지 잘 어울릴 거야!"

"하지만……."

"옆방에 있는 의상 중에서 마음대로 골라도 돼! 자, 가봐!"

억지로 아오가사키 선배의 손을 잡아 밖으로 내보내는 류가. 아무래도 류가는 다른 사람한테 코스프레를 시키는 것도 좋아하는 것 같다.

"저기, 이치로. 어떤 의상을 고를 것 같아? 난 유카타나

무녀 의상일 것 같은데. 레이짱은 역시 전통 의상 아니겠어."

"결국은 검도복을 입고 올 것 같은데."

"그건 아니야. 검도복은 없거든."

……몇 분 뒤. 장지문이 슬금슬금 열리고 아오가사키 선배가 돌아왔다.

그녀가 선택한 것은―― 의외로 메이드복이었다.

류가가 눈을 반짝거리며 "우와! 레이짱 귀엽다!"고 하면서 손뼉을 쳤다. 계속 고개를 끄덕이는 탓에 머리에 쓴 논라도 같이 흔들렸다.

"어, 어떤가. 잘 어울리려나……."

"어울려, 아주 잘 어울려! 이치로가 보기에도 그렇지?"

"으, 응……."

설마 메이드복 차림의 『참무의 검사』를 보게 될 줄은 몰랐다. 이렇게 끌려왔으니 나도 이 정도 눈 보신 정도는 해도 되겠지.

"조금 부끄럽기는 하지만, 가끔은 이런 의상도 나쁘지 않군. 평소와 다른 자신이 된 기분이다."

팔짱을 끼고 자기 턱에 손을 대는 아오가사키 선배.

"그러면 안 돼 레이짱! 메이드는 그런 동작을 하는 게 아니야! 두 손은 앞에서 모으고! 얼굴은 밝은 표정! 머리는 트윈테일로!"

류가가 일어서서 재빨리 아오가사키 선배의 포니테일을 풀고는 척척 트윈테일로 다시 묶어줬다. 프로듀서 혼에 불이 붙어버린 것 같다.

"자! 그럼 이치로한테 인사 해봐!"

"이, 인사? 여, 코바야시, 잘 지내나."

"아니야~!『다녀오셨습니까, 주인님』이지!"

"뭐, 뭐라고?"

"코스프레는 의상만 입는 게 아니야! 그 캐릭터가 되는 게 중요해! 아까 레이짱이 말한 것처럼, 평소와 다른 자신이 되는 거야! 아오가사키류라면 그 정도는 할 수 있을 텐데!"

프로듀서가 말도 안 되는 소리를 했다.

"다, 다녀오셨습니까, 주인님."

"아직 부끄러워하고 있어! 한 번 더! 이번엔 고양이처럼!"

"다, 다녀오셨습니까냥, 주인님."

"오케이! 많이 좋아졌어! 그럼 다음엔 바니걸로 갈아입어 볼까!"

"뭐, 뭐라고냥?! 그런 의상, 나한텐 안 어울린다냥!"

그 뒤로 한참 동안. 방 안에서 도망 다니는 메이드 아가씨를 아오자이 아가씨가 쫓아다녔다.

무슨 난리인지 보러 온 쿄카가 그 광경을 보고 입이 떡 벌어졌다.

44 백로 주부

"이치로 군. 같이 장 보러 가주면 안 될까?"

침대에 누워서 만화책을 읽고 있는데, 미온이 방으로 와서 그렇게 말했다.

"오늘 세일 하는 날이라서 생활용품을 잔뜩 사두려고 하거든. 혼자서는 다 못 들 것 같아."

귀찮지만 집주인으로서 거절할 수도 없다.

나는 바로 승낙하고, 바로 백로 사도와 함께 집을 나섰다.

"생각해보니 장 보러 가는 것도 오랜만이네. 미온이 온 뒤로는 계속 집안일을 맡겨뒀으니까."

"가끔은 같이 장 보러 가는 것도 좋지? 살짝 데이트 같기도 하니까."

그렇게 길을 걸어가고 있는데, 앞쪽에서 할머니 한 분이 다가오셨다.

우리 옆집에 사는 야나기사와 할머니다. 두 손에 큰 짐꾸러미를 들고 있어서 살짝 비틀거리고 있다. 야나기사와 할머니도 슈퍼 세일에 갔다 오시는 길이겠지.

"아, 야나기사와 할머니. 안녕하세요."

"어머나, 미온. 오늘은 이치로랑 같이 나왔네."

미온이 인사하자 할머니가 빙긋 미소를 지었다.

이웃분들께는 삼공주를 「제 친척입니다」라고 설명해뒀다.

아무래도 「태곳적부터 인류를 위협해온 『나락의 사도』입니다」라고 할 수는 없는 노릇이니까. 그런 말을 했다간 삼공주보다 내가 의심받을 거다. 주로 머리를.

"지난번엔 빨래 걷어줘서 정말 고마웠다. 소나기가 오는 줄을 몰랐거든."

"아뇨, 무슨 말씀을. 전에 주신 고구마 맛탕, 정말 맛있었어요."

그저께 저녁 반찬으로 나왔던 그게 야나기사와 할머니가 해주신 거구나. 요즘은 정말 보기 힘들어진, 좋은 이웃 간 교류…… 그걸 사도 장군이 실천하고 있었다니.

"할머니. 짐 무겁지 않으세요? 집까지 들어다 드릴게요."

"아니야, 미안하게."

"이웃 사이니까 사양하지 마시고요. 자 이치로 군, 들어!"

짐 꾸러미를 나한테 떠넘기고, 우리는 온 길을 돌아갔다. 할머니한테 몇 번이나 고맙다는 말을 들은 뒤에 다시 슈퍼로 가게 됐다.

"미온. 너 완전히 인간계에 적응했다……."

"로마에 가면 로마법을 따르라고 하잖아? 당연히 이치로 군이나 도철 님이 명령하면 언제든지 인간들을 공격하겠지만. 그게 사도야."

……조금 지나서 슈퍼가 보이기 시작했다.

하지만 미온은 바로 앞에서 길모퉁이를 돌더니 그대로 상점가로 들어가 버렸다. 어라, 세일 상품 사려는 게 아니었나?

"슈퍼에서 사는 건 생활용품뿐이야. 최근에 식재료는 상점가에서 사고 있고. 조금이라도 더 신선하거든."

아무리 생각해도 이 녀석은 장군보다 주부가 체질인 것 같다.

길을 걸어가는데 줄지어 있는 가게 분들이 미온하게 친근하게 말을 걸었다.

"어서 와 미온! 오늘은 싱싱한 가자미가 들어왔어!"

"아, 정말이네. 때깔도 좋고 살도 통통해."

"미온! 토마토 어때? 쿠마모토에서 바로 들어온 거야!"

"우와, 꼭지가 싱싱하네요. 단단하고 묵직하고…… 역시 카야마 채소가게는 뭔가 다르네요."

"소고기는 안 필요하냐, 미온! 싸게 줄게!"

"정말요? 큰맘 먹고 스키야키라도 해볼까."

"어머나 미온, 오늘은 키키가 아니라 이치로랑 같이 왔어? 신혼부부 같은데~"

"아하하. 무슨 소리예요, 아주머니도 참. 어디 연두부로 여섯 모 사볼까."

이웃은 물론이고 상점가 분들과도 친하게 지내고 있다. 로마에 너무 심하게 적응한 게 아닐까.

문구점 멍멍이까지 미온을 보고 꼬리를 흔들어댔다. 사진관 형이 끈질기게 샘플 사진 모델을 해달라고 부탁했다. 약국 아저씨는 「우리 며느리 돼줄래」라는 부탁까지 했다.

'원래 장군이다 보니 카리스마가 있는 걸까……?'

그 뒤에 우리는 슈퍼로 가서 이런저런 생활용품을 잔뜩 샀다.

왠지 그럴 것 같기는 했는데, 역시나 미온은 슈퍼 계산하는 아주머니와도 친하게 지내는 사이였다. 점장님하고도 아는 사이였고.

"너, 동네 인기 좋구나……."

"뭐, 거의 매일 드나드니까. 난 역 앞에 있는 큰 번화가보다, 지역에 자리 잡은 작은 상점가 쪽이 마음 편하거든. 원래 난 이계에서도 변두리에서 자랐으니까."

"그, 그랬구나."

그런 이야기를 하면서 걸어갔더니, 어느새 10m 앞에 우리집이 보였다.

"그런데, 다시 말하지만, 이치로 군이나 도철 님이 명령만 하면 난 언제든지 인간들을 공격할 거야. 그게 사도라고."

마지막에 미온이 그렇게 말했을 때, 지나가던 오토바이가 갑자기 멈추더니 우리한테 말을 걸었다. 과일가게 아저씨였다.

"오, 미온! 마침 잘됐네. 먹을 때가 아슬아슬한 배가 있는데 가지고 갈래? 내일까지라면 괜찮을 거야!"

"예, 정말요? 고맙습니다, 아저씨! 오늘도 정말 멋지네요!"

갑자기 활짝 웃으면서 후다닥 뛰어가는 백로 사도.

정말이지, 이 녀석은 장군보다 사도보다 주부 쪽이 체질인 것 같다.

45 승부

"히노모리! 나랑 승부다!"

점심시간. 교실에서 점심을 먹고 있는데 옆 반 키타하라가 소리를 지르며 쳐들어왔다.

유도부 출신으로, 186cm & 90kg의 거한이며 항상 유도복을 입고 다니는 게 특징이다.

그가 류가를 향해 성큼성큼 다가왔다.

"어…… 키타하라 군, 이었나? 승부라니, 무슨 소리야?"

곤혹스러워하며 묻는 류가에게, 키타하라가 눈을 부릅뜨고 말했다.

"유키미야 양을 걸고, 유도로 승부를 내자!"

얼이 빠져 있는 나와 류가에게, 키타하라가 사정을 설명하기 시작했다. 주위에 있는 우리 2학년 B반 학생들도 마찬가지로 얼이 빠져 있었다.

"난 조금 전에…… 유키미야 양에게 교제를 신청했다. 하지만 보기 좋게 차이고 말았지. 『죄송해요. 지금, 마음에 두고 있는 사람이 있어요』라면서."

"…………."

"히노모리. 네가 유키미야 양과 친하다는 건 알고 있다. 가끔 같이 학교에서 빠져나가는 일도 있는 것 같더군! 그렇다면 유키미야 양이 마음에 둔 사람은, 너밖에 없어!"

그렇구나. 유키미야한테 고백했다가 옥쇄한 건가. 가끔 학교를 빠져나간 건 『나락의 사도』와 싸우러 가느라 그런 건데…… 그 얘기를 할 수는 없고.

"그래서 나랑 승부하려고?"

"그래! 내가 너보다 남자답다는 걸, 유키미야 양에게 보여주기 위해서다!"

"……하는 수 없지. 그걸로 네 마음이 풀린다면 그 승부 받아줄게."

그렇게 해서 우리는 유도장으로 이동했다.

구경꾼 여러 명이 지켜보는 속에서 류가와 키타하라가 대치했다. 심판은 내가 맡기로 했다.

내가 「시작」이라고 말하자 키타하라가 엄청난 기세로 돌진했다. 마치 귀신같은 얼굴이었다. 귀신 얼굴이 어떤지는 잘 모르지만.

"받아라아아아아! 필살, 엎어치기이이이이!"

키타하라의 손이 류가의 목덜미를 움켜쥐었다.

직후, 그 커다란 몸이 하늘로 둥실 떠오르더니, 쿠웅! 하고 바닥에 내동댕이쳐졌다. 필살의 엎어치기를, 키타하라 자신이 당하고 말았다.

"한판! 류가의 승리!"

내가 선고하자 류가가 브이 사인을 했다. 행동이 좀 여자 애 같다.

뭐, 이렇게 될 줄 뻔히 알고 있었다. 일단은【마신】도 쓰러

트린 적도 있는 류가한테 일반인 고등학생이 당할 리가 없
으니까. 키타하라가 50명 정도 더 있더라도 전부 이기겠지.

……하지만, 키타하라는 생각보다 끈질겼다.

"지, 지금 그건 우연이다! 이번에야말로오오오!"

"한판! 류가의 승리!"

"지, 지금 그건 리허설이다! 다음이 진짜야아!"

"한판! 류가의 승리!"

"지, 지금 그건 접대다! 이게 내 진짜 힘이다아!"

"한판! 아마 다음에도 한판!"

그렇게 해서 총 열 판을 빼앗겼을 때, 겨우 키타하라가
포기했다.

새하얗게 불타버린 키타하라에게 류가가 성큼성큼 다가
갔다. 그렇게 힘을 썼는데, 숨도 헐떡이지 않으면서.

"키타하라 군. 머리가 식었으면 내 얘기 들어줘. 시오리
가 좋아하는 사람이 누구인지는 모르겠지만, 거절했으면
일단 물러나야 하는 게 아닐까. 무도가답게, 깔끔하게 말
이야."

고개를 숙인 채 타이르는 것 같은 류가의 목소리를 듣고
있는 키타하라. 조금 지나, 키타하라가 조용히 물었다.

"……히노모리, 하나만 가르쳐줘. 넌 어째서 그렇게 강
한 거지?"

"내가 이래 보여도, 종종 시내에서 싸움을 하고 있거든.
그래서 거친 일에는 좀 익숙하다고 할까."

아니, 그거 『나락의 사도』랑 배틀이잖아. 그걸 싸움이라고 넘어가는 거야?

"하나 더 가르쳐줘. 몇 번이나 붙어보고 느낀 건데…… 너한테서는 왜, 그렇게 좋은 냄새가 나는 거지?"

"뭐? 그, 글쎄, 왜지? 동생 트리트먼트를 같이 써서 그러나?"

"하나만 더 가르쳐줘. 이것도 붙어보고 눈치챈 건데, 너 가슴…… 아냐, 아무것도. 잊어줘."

슬슬 종이 칠 때가 돼서 나는 류가와 같이 교실에 돌아가기로 했다.

"이야, 그나저나 하나같이 멋진 한판이었어. 역시 류가라니까. 넌 역시 베스트 오브 주인공이야."

그렇게 칭찬했지만, 어째선지 류가는 삐쳐 있었다. 교복을 입은 자기 가슴을, 불편하다는 듯이 내려다보며.

"……키타하라 손이, 몇 번인가 가슴에 닿았어."

"뭐?"

"이치로도 만진 적이 없는데. 이 승부 괜히 한다고 했어."

그러고 보니까 아까 키타하라도 「가슴」이라고 말하다가 말았었지. 천을 감고는 있지만, E컵 정도 되면 그 탄력을 눈치챌 수 있는 건지도 모른다.

"유도는 꽤 엉큼한 거구나. 계속 가슴을 잡고 하는 운동이라 그러나."

그건 결코, 가슴을 만지려고 하는 게 아니다.

전국의 유도 하는 분들께 사과해라, 류가.

46 시즈마의 편지

갑작스러운 얘기지만 나 코바야시 이치로에게는—— 아들이 하나 있다.

당연한 얘기지만 진짜 자식이 아니다. 난 아직 고등학생이고, 여러 방면에 민폐를 끼치는 경거망동한 짓은 하지 않았다. 아기는 황새가 가져다주는 것이다.

내 아들은 시즈마라는 이름의, 『나락의 사도』와 뱀파이어의 혼혈아다.

부모님을 잃은 시즈마를 엘미라가 보호했고, 우리 집에서 잠깐 돌봐줬던 게 인연이 됐다. 그래서 시즈마는 날「아버님」이라고 부른다. 그밖에는 엘미라를「어머님」, 키키를「누님」이라고 부르고.

성장이 빠른 탓에 아직 생후 3개월 정도밖에 안 됐지만 벌써 두 살 정도로 보인다. 다만 그런 시즈마가 얼마 전에 『나락의 사도』들의 본거지로 가버리고 말았다. 무정부 상태인 이계를 통제하기 위해서.

'시즈마, 괜찮으려나…… 다치지는 않았을까.'

아무리 장군 클래스의 소질을 타고났다고 해도, 시즈마는 아직 어린아이다. 나보다 훨씬 똑 부러지기는 했지만, 양아버지로서 너무나 걱정된다.

딱 한 번「잘 지내고 있습니다」라는 편지를 받기는 했는데,

그 뒤로 벌써 일주일. 어떻게 지내고 있는지…….

"나리, 또 시즈마한테서 편지를 받아 왔습니다요."

그날. 상황을 보고 오라고 이계로 보냈던 도철이, 돌아오자마자 봉투를 내밀었다.

그들【마신】에게는 이계로 전이할 수 있는 능력이 있다. 하지만 체재 시간이 10분 정도밖에 안 된다고 해서, 시즈마하고 긴 이야기를 나눌 수는 없다. 만나는 것만으로도 시간을 잡아먹는다.

그래서 이렇게 편지를 주고받는 것 외에는 교신할 수단이 없다.

"시즈마, 잘 지내는 것 같았습니다. 나리가 주신 편지를 줬더니 정말 기뻐했습니다."

"잘했다 텟짱! 사실은 시즈마한테 스마트폰이라도 보내주고 싶은데 말이야…… 그러면 메일이나 라인으로 연락을 주고받을 수 있을 텐데."

"아쉽게도 이계에는 전파가 닿질 않습니다."

아무튼 바로 시즈마가 보낸 편지를 읽어봤다.

여전히 두 살 아이라는 걸 믿을 수 없는, 놀라울 정도로 달필이었다. 모르는 사람이 보면 회사 전무가 썼다고 해도 믿을 지경이다.

『아버님께── 가을도 한창인 이 계절, 인간계에는 맑은 가을날이 계속되고 있으리라 생각됩니다.』

……이게 두 살 아이가 쓴 글이 맞나.

편지 첫머리에 『안녕 시즈마! 잘 지내니!』라고 썼던 내 편지를 떠올리고는, 이불을 뒤집어쓰고 발로 뻥뻥 걷어차고 싶은 충동에 사로잡히고 말았다.

『아버님, 잘 지내고 계시는지요. 저는 여전히 이계를 통제하는 사명을 위해 노력하고 있습니다. 긴 시간이 걸릴 것 같지만, 천천히 해나갈까 합니다. 얼마 전에 또 새로운 동료를 얻었습니다. 제루바라고 하는 매형 사도입니다.』

부하 사도가 또 늘어났다. 지난번 편지에도 「동료가 두 명 생겼다」라고 했었으니, 이걸로 벌써 세 명째다.

『제루바는 원래 미온 누님을 섬기는 부대장이었다고 하며, 기꺼이 협력하겠다고 했습니다. 하지만 그 전에 제 실력을 시험해보고 싶다고 해서 배틀을 하기로 했습니다만.』

네 이놈 제루바. 두 살 아이로 무슨 어른답지 못한 짓을! 시즈마를 울리기라도 하면 그냥 안 둔다!

『제가 5초 만에 이겼습니다.』

역시 우리 아들이야! 잘했다!

『그 뒤에, 제 소문을 듣고 찾아온 사도 일단이 야습을 감행하기도 했습니다. 그 숫자는 총 서른 명이나 됐습니다.』

야습이라고! 잠자는 두 살 아이를, 서른 명이 덮치다니! 이 사람 같지도 않은 것들! 아니, 사도 같지도 않은 것들!

『3분 만에 격퇴했습니다.』

대단하다, 시즈마. 세다. 이 무슨 신속한 대응, 그리고 자다가 금세 일어나네.

『그 야습을 지시한 것은 다마라라는 사도라고 했습니다. 듣자 하니 '꼬마가 이계를 좌지우지하게 둘 수는 없다!'고 시끄럽게 떠들어댔다고 합니다. 가까운 시일 내에 다마라의 입을 다물게 할까 합니다.』

이미 그런 경지까지 도달했나. 내가 가르칠 게 없는 것 같다.

『아, 누님의 부상은 어떻게 됐는지요? 그 뒤로 유키미야 씨에게 치유를 받으셨습니까? 이쪽으로 온 뒤에도 계속 신경이 쓰입니다.』

괜찮아 시즈마. 키키 골절은 유키미야가 치료해줬어.

내가 마음속으로 그렇게 대답했을 때—— 마침 당사자인 키키가 나타났다.

"이치로 남작, 뭘 읽고 이쭙니까."

"아 키키. 이거 봐, 또 시즈마한테서 편지가 왔어. 너한테 온 건 이거야."

"시쥬마한테서? 보여주십찌오!"

눈을 반짝반짝 빛내며, 키키가 열심히 편지를 읽기 시작했다.

하지만 곧바로, 그 볼이 점점 부풀어 올랐다. 뭔가 기분이 나쁜 것 같다.

"뭔가 잔소리만 잔뜩 써놔줍니다. 『편식하는 건 아닌가요?』『배를 내놓고 주무시지는 않나요?』『양치질은 잘하고 계시는가요?』라고."

편지를 들여다봤더니 그밖에도 『TV는 떨어져서 보고 계십니까?』『목욕탕에서는 100을 셀 동안 담그고 계십니까?』 등등, 누가 연상인지 모를 질문들이 잔뜩 적혀 있었다.

"시쥬마가 너무 건방짐니다! 기저귀 갈아준 은혜를 완전히 잊어버려쭙니다!"

……아무래도 그쪽은 그쪽대로 이쪽이 걱정되는 것 같다.

47 전달

내가 다니는 오메이 고등학교는 일단 입시 명문 학교다.

그래서 중간고사나 기말고사 외에도 빈번하게 쪽지시험을 본다. 당연히 낙제점을 받으면 보충수업, 추가 시험이라는 페널티가 기다린다.

그리고 오늘도 우리 2학년 B반에서는 일본사 쪽지시험이 시작되려 하고 있다.

내 입으로 말하기는 그렇지만, 난 역사에 자신이 있다. 주로 게임에서 얻은 지식이지만, 다양한 시대를 무대로 한 다양한 장르들을 하고 있으니까.

'오다 노부나가로 플레이해서 아케치 미츠히데를 쓰러트린 적도 있지. 페리를 죽창으로 혼내주고 흑선을 몰아낸 적도 있고. 사카모토 료마를 소환해서 사탄을 쓰러트린 적도…… 괜찮아, 난 할 수 있어!'

증명해주지. 게임도 공부에 도움이 된다는 것을—— 그렇게 의욕이 넘쳤는데.

한 가지 문제가 발생했다. 나는 이 쪽지시험에서, 나쁜 일을 거들기로 했다.

그건 바로 조금 전 쉬는 시간. 엘미라가 심각한 표정으로 날 찾아와서는 「오늘만 좀 도와줬으면 싶다」 하고 애원했다.

"제가, 시즈마 일 때문에 한동안 학교를 쉬었잖아요? 안 그래도 일본사는 힘든 과목인데, 공부를 전혀 못 했어요. 그러니까 시험 볼 때, 몰래 답을 가르쳐줄 수는 없을까요?"

"아니, 그건 위험한데. 안 그래도 인류 평화를 지키는 사람이 말이야."

"그렇다면 한 번 정도는 눈감아줄 수 있지 않나요? 목숨을 걸고 사람들을 지키는 데 대한 상으로!"

"그, 그거랑 이거는……."

"대체 왜 동유럽 출신 흡혈귀인 제가 일본사 같은 걸 공부해야 하나요?!"

"일본 고등학생이니까!"

"제발 부탁해요! 류가는 이런 부탁은 들어주지 않을 테니까…… 코바야시 이치로밖에 믿을 사람이 없어요! 더러운 일이 특기가 아니던가요!"

이 녀석은 날 대체 뭐로 보는 걸까.

아무튼, 쪽지시험이 시작되고, 나는 시험지를 들여다봤다.

일본사 담당 사이토 선생님은 문제를 ABCD 사지선다로 출제하는 버릇이 있다. 그걸 알고 있기에, 이 흡혈귀 소녀가 못된 궁꿍이를 꾸몄겠지.

'내키지는 않지만, 시즈마 일은 나도 관계가 있으니까…… 이번만, 이번만 특별히 도와주자.'

사이토 선생님이 밖을 보는 틈에 나는 사전에 엘미라에게 받아둔 종잇조각을 확인했다.

이 종이에 해답 전달 방법이 적혀 있는 것 같다. 아마도 재채기나 헛기침 같은, 자연스러운 행위를 이용해서 사인을 보내라고 할 것 같다.

——답이 A면 재채기를 하세요.

"에취!"

1번 답이 A여서 나는 재채기를 했다. 사이토 선생님이 이쪽을 슬쩍 봤지만 바로 시선을 창밖으로 돌렸다.

——답이 B이면『아~모르겠다~』고 투덜대세요.

"아~ 모르겠다~."

2번 답이 B라서 작은 소리로 중얼거렸다. 사이토 선생님이 "코바야시, 조용히 풀어라"라고 주의를 시켰다. 좀 더 괜찮은 방법은 없었나……

——답이 C이면 염소 울음소리를 내세요.

"음메에에~."

3번 답이 C라서 그렇게 울었다. 사이토 선생님께 꿀밤을 맞았다. 그러니까 대체 뭐냐고, 이 전달 방법!

——답이 D인 경우, 힘차게 터지세요.

"퍼, 퍼버버버벙!"

4번 답이 D라서 고심 끝에 터져버렸다. 사이토 선생님이 "너 어디다 머리 부딪쳤냐?"고 진심으로 걱정해주셨다.

그 뒤에 답이 D, C, C, D, C. 참으로 유감이지만 비교적 멀쩡한 사인인 A와 B가 하나도 없었다.

"퍼버버벙! 음메에에에. 음메에에에. 퍼버버벙! 음메에에에."

……당연한 얘기지만 시험이 끝나고 교무실로 불려갔다. 사이토 선생님이 "혹시 모르니까 병원에 가서 정밀 진단을 받아봐라" 하고 권해주셨다.

"이치로, 아까 왜 그랬어? 평소보다 조금 더 이상하던데."

교실로 돌아왔더니 류가가 걱정해줬다. 그 기행이 「평소보다 조금 더」라니…… 이 녀석도 날 대체 뭐라고 생각하는 거야.

──그리고 며칠이 지나. 나와 엘미라는 사이좋게 보충수업을 받고 있다.

"코바야시 이치로. 이게 대체 어떻게 된 일이에요!"

엘미라가 원망하는 눈으로 날 노려봤다.

이번 시험 범위는 조몬 시대(일본의 선사시대)와 야요이 시대였다. 솔직히 말해서 하나도 몰랐거든.

그런 게임은 해본 적이 없으니까……. 이것도 못된 짓에 가담한 벌이려나.

48 국제전화

우리 부모님은 일 중독이라서, 일 년의 대부분을 외국에서 보내신다.

골동 미술을 취급하는 일을 하고 계셔서, 계속 세계 각지를 돌아다니고 있다. 이미 반년 정도 얼굴도 못 봤고, 올해도 연내에는 돌아올 생각이 없는 것 같다.

하지만 난 그걸 딱히 쓸쓸하다고 여기지 않는다. 매달 그럭저럭 많은 생활비를 입금해주고, 일주일에 한 번씩 메일, 한 달에 한 번씩 전화를 해주시니까.

'뭐, 부모님이 없다고 비뚤어질 자식이 아니라는 건 알고 계시니까 그러겠지. 사실은 전화도 일 년에 한 번이면 될 지경이지만.'

그리고 오늘, 저녁 식사 직전인 오후 7시가 조금 넘었을 때. 집에 정기 연락 전화가 걸려왔다.

『오, 이치로. 여전히 잘 지내냐?』

수화기에서 들려온 목소리는 아버지였다. 지난달에는 어머니였으니까, 순서를 봤을 때 이번에는 아버지 차례라는 걸 알고 있었다.

"여, 아버지. 나야 여전히 잘 지내지. 지금은 어디야?"

『호주 케언스야. 지난주까지는 엄마랑 같이 상투메 프린시페 공화국에 있었고.』

그게 대체 어디 있는 나라지? 물어봤더니 기니만에 있는 섬나라라는 것 같다. 그나저나 기니만은 또 어디야.

『너도 졸업하면 우리 일 도울래? 보통 일에서는 맛볼 수 없는 자극적인 날들을 보낼 수 있는데.』

"관둘래. 전 오히려 평범함을 열망하고 있으니까."

나는 앞으로도 조연으로서 살아가고 싶다. 항상 스포트라이트에서 벗어나 있고 싶다. 그러기 위해서라도, 주위에 개성적인 사람으로 보이고 싶지 않으니까.

『뭐, 천천히 생각해봐라. 그런데 이치로, 너도 슬슬 여자친구가──』

아버지가 그렇게 말했을 때.

"이치로 군~. 밥 다 됐어~."

거실 쪽에서, 미온 목소리가 들려왔다.

『응? 지금 그거 여자 목소리 아니냐?』

"아, 아니야! TV야! 마침 드라마 보고 있었거든!"

──당연한 얘기지만 부모님께는 우리 집에 『나락의 삼공주』가 살고 있다는 얘기를 안 했다. 사도의 왕인 【마신】과 살고 있다는 것도 당연히 비밀이다.

당연한 일이잖아. 「지금 우리 집에는 저까지 여섯 명이나 살고 있습니다」라는 말을 했다간, 아마도 부모님이 전광석화같이 일시 귀국할 테니까.

세상에는 「모르는 게 약」이라는 말이 있다. 앞으로도 제발 가정을 돌보지 않는 부모님으로 계셔줬으면 좋겠다.

『TV? 그런데 이치로 군이라고 하던데?』

"드라마에 이치로 군이 나왔어! 마침 거기서도 밥 먹을 시간이고!"

필사적으로 그렇게 변명하고 있는데.

"이치로 남작, 빨리 오는 겁니다. 다 모이지 않으면 밥을 먹을 수 없쭙니다."

이어서 키키 목소리가 날아왔다. 너희들, 상황 파악 좀 하란 말이야!

『응? 이번에는 어린애 목소리인데. 남작이라고 하지 않았냐?』

"드라마에서 이치로가 남작이야! 중세 유럽 귀족이거든!"

『너 이상한 드라마 보는 거 아니냐.』

그랬더니 이번에는 주리 목소리가 날아왔다.

"이치로 님, 무슨 일이세요~? 혹시 식욕보다 성욕을 처리하고 싶으신가요~?"

그 바보 같은 소리를, 꼭 지금 해야 하는 거야!

『이치로. 정말 TV에서 나는 소리냐? 성욕이라고 했는데?』

"19금 드라마야! 여교사가 이치로 남작을 유혹하는 장면이라고!"

『요즘은 골든타임에 그런 드라마를 하나……. 이치로, 녹화 좀 해줄래?』

"관심 두지 마!"

『아빠가 여교사를 좋아하거든.』

"알 게 뭐야! 이제 끊어! 국제전화라서 오래 통화하면 돈 많이 나오니까!"

일이 더 복잡해지기 전에 빨리 얘기를 끝내려고 하는데.

"나리, 빨리 식사 하십쇼. 배고파 죽겠습니다."

"어이, 도령. 빨리 거실로 가자. 오늘은 이 몸이 좋아하는 오뎅이다만?"

어느새 내 뒤에 도철과 혼돈이 나란히 나타나 있었다. 둘 다 상반신만.

복수의 【마신】이 숙주를 공유하는 경우, 완전히 나타날 수 있는 건 하나뿐이다. 그런데 밥 먹을 때면 둘 다 나와서 먹는다니까. 아버지는 모르지만.

『나리? 도령? 중세 유럽인데, 거실에서 오뎅을 먹냐?』

"맞아! 각본가가 노이로제에 걸릴 지경이래!"

얼버무리면서, 뒤에 있는 【마신】들을 보며 집게손가락을 입에 댔다. 「조용히 해!」라는 동작이었는데, 하나도 눈치채지 못했다.

"야 혼돈, 넌 뭘 좋아하냐?"

"난 무가 좋지. 그리고 어묵이랑 달걀. 소 힘줄도 좋지."

"이치로 군. 빨리 오라니까."

"기다리게 하다니, 비정합니다. 못된 남작입니다."

"이치로 님, 더는 못 참겠어요. 빨리 와요, 빨이이이이~."

……그 뒤에. 반쯤 억지로 전화를 끊고는 그 자리에 웅크리고 앉아서 머리를 쥐어뜯었다.

보통은 맛볼 수 없는 자극적인 생활을, 아들은 이미 맛 보고 있습니다.

49 필살기 이름

매일매일 『나락의 사도』와 싸우고 있는 히노모리 류가와 동료들.

그런 그녀들에게는 궁극의 필살기가 있다.

히노모리 류가의【황룡】과 유키미야 시오리의【백호】, 아오가사키 레이의【청룡】, 엘미라 매카트니의【주작】, 그리고 쿠로가메 리나의【현무】…… 그 다섯이 오신합체해서 혜성처럼 적을 꿰뚫는 강력한 신위의 일격이.

그걸 맞으면 어떤 적도 디 엔드.【마신】인 혼돈도 도철도 이 필살기에 패배했다.

천공에서 맹렬하게 쏟아지는 오색으로 빛나는 거대한 빛의 탄환…… 나는 지금도 꿈속에서 그것을 보고 깜짝 놀라서 깨는 때가 있다.

도철이 마지막 보스를 맡던 제2부에서는, 나도 적으로 배틀에 참가했다. 절망감이 정말 엄청났다.

'가능하다면 그 오의는 함부로 안 썼으면 싶어. 대상을【마신】으로 한정하고, 방송이 끝나기 3분 전까지는 온존해야 해.'

하지만 이 궁극의 필살기에는 한 가지 크나큰 문제가 있다. 그것은 네이밍이다.

참으로 유감이지만 이 오신합체──『다함께 쿵』이라고

한다.

아무리 그래도 너무한 것 아니냐고. 맞는 쪽 기분도 생각해줘야 하지 않아. 「마지막에『다함께 쿵』에 당했습니다」라니, 남들 앞에서 말할 수가 없잖아.

그렇게 해서, 그날 점심시간.

나는 메인 캐릭터들을 학교 옥상으로 소집하고 기술 이름 재고를 제안하기로 했다.

생각해보면 전에도 여기서 네이밍에 대해 이야기한 적이 있다. 그때는 각자가 수호신에게 지어준 별명에 관한 얘기였는데…… 하나같이 골치가 아픈 대답만 돌아왔다.

"그렇게 이상한가?『다함께 쿵』이."

류가가 약간 불만이라는 투로 말했다. 그야 당연하지. 이 웃기는 기술 이름을 지은 사람이 다름 아닌 주인공 본인이니까.

"저기 류가, 좀 더 멋진 이름으로 하면 안 될까? 너희들의 최대 필살기니까, 목소리를 맞춰서 외쳤을 때 멋지게 들리는 느낌으로 해야 하지 않아?"

"음~ 어렵네…….."

"중요한 건 박력이라고 생각해. 기술 이름만 듣고도『우와, 뭔가 대단할 것 같아!』라는 느낌이 드는 게 제일이야."

그랬더니 거기서 쿠로가메가 "저요, 저요!"하고 손을 들었다.

"그럼『다함께 둥두둥』은 어때!"

취지를 전혀 이해하지 못했다.

자기 수호신한테 「가메오 군」이라는 별명을 붙이는 사람이니까. 뭐, 그렇게 따지자면 류가 수호신도 「론땅」이지만.

이어서 유키미야가 조심스레 손을 들었다.

"그럼 심플하게 『반짝반짝 별』은 어떨까요."

유키미야, 너마저! 너까지 그런 애였니.

배틀 클라이맥스에서 류가한테 "모두 가자! 『반짝반짝 별』이다!"라는 소리를 시킬 생각이야? 무슨 합창 대회라고 생각하지 않을까.

다음으로 아오가사키 선배가 손을 들었다.

"멋을 추구한다면 영어는 어떻겠나. 예를 들자면 팝송 제목을 참고한다든지…… 꽤 그럴듯한 게 나올지도 모른다."

그건 좋은 아이디어다. 역시 유일한 선배이자 류가 진영의 넘버2. 제대로 된 의견 고마워요!

"그러니까, 『예스터데이』는 어떤가?"

제길, 역시나 글러 먹은 아이였어!

의미를 알 수가 없잖아! 어제가 뭐 어쨌는데! 과거보다 미래를 생각하자고!

"비틀즈라면, 저는 『헬프!』가 좋군요."

엘미라가 편승했다.

이상하잖아! 기술을 쓰는 쪽이 「헬프!」라니! 그건 적이 할 소리잖아!

귀신같은 얼굴이 된 나를 무시하고, 알고 있는 외국 노래

제목들을 늘어놓는 일동.

"그럼,『위 아 더 월드』는 어떨까."

알고는 있는 거냐 류가. 지금 필살기 이름 생각하고 있거든.

"아니면『블랙&화이트』는 어떨까요. 마이클 잭슨의 명곡인데요."

유키미야, 색이 세 개 부족하잖아. 쿠로가메랑 너밖에 없다고.

"카펜터즈의『예스터데이 원스 모어』는 어떨까."

그만 하세요 아오가사키 선배! 또 어제야! 제발 앞을 보라고요!

"그렇다면『열 꼬마 인디언』으로 합의를 보죠."

보기는 뭘 봐, 엘미라! 그건 팝송도 아니잖아! 나머지 다섯 명은 어디서 나온 건데! 그 녀석들 수호신은 뭔데!

"저기 말이야, 그냥『다함께 쿵』이 좋지 않아? 그게 우리답잖아. 있는 그대로의 모습이면 되는 거야!"

쿠로가메에에에! 여기까지 와서 처음으로 되돌려놓기냐 아아아!

하지만 류가 일행은 일제히 "응, 그러네"라며 고개를 끄덕이고, 이번 일요일에 노래방에 갈 계획을 세우기 시작했다. 팝송을 부르고 싶어진 것 같다.

……나는 포기 안 해. 계속해서 리네임을 요구할 거다.

Is it tough being "a friend"?

of course

50 촬영

"이치로. 움직이면 안 된다?"

류가네 집에 놀러 간 어느 날.

나는 갑자기 류가한테 「사진을 찍게 해줘」라는 부탁을 받았다.

듣자 하니 휴대전화 바탕화면으로 쓰고 싶다는 것 같다. 내키지는 않지만, 주인공의 부탁은 거절할 수 없으니, 어쩔 수 없이 알았다고 했다.

"분명히 말해두는데, 절대로 다른 사람들한테는 보여주면 안 된다? 남자 사진을 바탕화면으로 쓰는 걸 들키면, 진짜 그쪽 취미냐고 의심받을 테니까."

"괜찮아, 괜찮다고. 자, 시선 이쪽으로 보내고."

시키는 대로 휴대전화를 들고 있는 류가 쪽으로 시선을 보냈다.

하지만 무표정한 얼굴로 가만히 서 있으니까 뭔가 영정 사진 같은 기분이 든다. 그래서 나는 입꼬리를 끌어 올려서 어색한 미소를 지었다. 까불이답게, 두 손으로 브이 사인까지 하면서.

"음…… 좀 더 상쾌하게 웃어주면 안 될까? 내가 매일 보는 이치로거든? 자기 전에 쪽, 하는 이치로거든?"

이상한 얘기를 듣고 말았다. 그렇다고 거절할 수도 없어서,

나는 모 소속사의 아이돌을 의식한 스마일을 시도해봤다.

"이, 이렇게?"

"아, 그거 좋다! 그럼 다음에는 다부진 표정 해봐! 『나락의 사도』랑 대치한다고 생각하고, 매처럼 날카로운 눈빛으로!"

"이, 이렇게?"

"그래, 그래! 아, 포즈 바꾸면 안 된다니까!"

"아니, 사도랑 대치하는 거잖아? 그 상황에서 더블 피스는 좀 이상하지 않아?"

"이치로답고 좋지 않아?"

······이 자식은 날 어떻게 생각하는 거야.

애당초 사도가 나타난다고 해도 난 이런 다부진 표정 안 한다고. 반쯤 울먹이면서 도망치는 게 고작이지. 그게 「친구 캐릭터」의 당연한 모습이니까.

"그럼 다음은 조금 애절한 표정 지어줄래. 사도를 쓰러트린 뒤에, 『이 싸움이 언제까지 계속되는 거지······』라고 생각하면서 입술을 꽉 깨무는 느낌으로."

"그거, 내가 할 필요 있는 거야? 네가 해야지!"

"됐으니까 해봐. 실제로 대사도 말하고! 그래야 더 리얼하니까!"

"겨우 휴대전화 바탕화면 가지고 왜 그런 짓까지······ 그러니까, 이 싸움이 언제까지 계속──"

"아, 포즈 바꾸지 말라니까."

"이 대사에서 더블 피스는 이상하잖아!"

그건 까불이 정도가 아니라 미친 사람이다. 그런데 사진을 몇 장이나 찍으려는 거야? 이 싸움은 언제까지 계속되는 거야?

계속해서 나는 어째선지 교복 재킷을 벗었다.

게다가 셔츠 가슴팍을 풀어헤치고 툇마루에 누우라고 했다.

"……야, 뭐야 이건."

"제목은 『여름의 이치로』야. 사실은 수영장에서 찍고 싶었지만…… 자, 그럼 태양을 눈부시게 쳐다보면서! 그리고 이를 반짝 빛내면서!"

"하늘, 구름 꼈는데."

일기예보에 의하면 아마 저녁부터 비가 온다고 했다. 하늘은 온통 회색 구름으로 뒤덮여 있고, 햇살이라고는 비치지도 않는다. 즉, 이가 빛나질 않는다.

"아, 정말. 날을 잘못 골랐나…… 그럼 내가 손전등으로 빛나게 해줄 테니까, 눈부시다는 것처럼 눈을 가늘게 뜨고."

"무슨 취조 받는 용의자냐! 상쾌한 느낌하고는 거리가 멀잖아!"

"이치로라면 뭘 해도 괜찮아. 그보다 빨리하자. 오늘 안에 다 찍을 거니까! 365장!"

"무슨 일력이라도 만들 셈이야?!"

……그렇게 해서, 내 사진 촬영회는 두 시간이나 계속됐다.

이백 장이 넘었을 때는 소재도 다 떨어져서, 류가의 코스프레 의상을 입었다. 메이드복, 무녀복, 간호사복, 그리고 부르마…… 나도 안다, 완전히 변태다.

"이치로. 오늘은 내 고집 들어줘서 정말 고마워. 이 정도 이치로 마니아는 세상에 나 하나뿐이야."

생글생글 기분 좋은 류가와 반대로, 나는 새하얗게 불타버려서 축 늘어져 있었다.

아예 「코바야시 이치로 사진집」이라도 내지 그래. 반품이 산더미처럼 들어오겠지만.

"그럼 마지막으로 한 장, 나랑 같이 찍어도 되지? 부모님한테 보내드리려고. 아버지랑 어머니도 이치로를 보고 싶다고 하셨거든."

최대한 기력을 짜내서 마지막 한 장을 찰칵했다. 류가의 부모님께 보낸다고 했으니 수척해진 얼굴로 찍힐 수는 없지.

"좋았어. 바로 보내야지—— 아."

"왜 그래?"

"실수로 메이드복 입은 이치로 사진을 보내버렸다…….."

——아닙니다, 아버님, 어머님.

말로 설명하기는 힘들지만, 아무튼 아닙니다.

51 복권

어느 토요일 낮.

우리 집 사람들이 다 같이 상점가에 와 있다. 마치 전장에라도 가는 것처럼 투지를 불사르며.

……사실은 오늘 상점가에서 「복권 추첨회」가 있다. 돌돌이 통을 돌리고 거기서 나온 구슬 색에 따라 다양한 경품을 받는 그거.

여러분도 한 번쯤 해본 적이 있지 않을까.

그리고 아차상인 티슈를 받은 적이 있지 않을까.

'우리 동네 상점가는 경품의 의외로 호화롭기로 유명하니까. 기합이 들어갈 만도 하지.'

우리가 가지고 있는 복권은 다섯 장. 그걸 미온, 주리, 키키, 도철, 그리고 내가 한 장씩 손에 쥐고, 이글거리는 눈으로 줄에 서 있다.

"간장 열 병 세트…… 꼭 당첨될 거야. 이 남장 미온의 이름에 걸고."

문득, 전방에서 미온이 그렇게 중얼거리는 소리가 들려왔다.

미온이 노리는 건 6등인 간장 세트인 것 같다. 분명히 그만큼 있으면 가계에 큰 도움이 되겠지. 완전히 주부의 발상이다.

"2박 3일 홋카이도 여행…… 이 환장 주리가 반드시 받아내겠어."

이어서 주리가 그렇게 중얼거리는 소리가 들려왔다.

너무나 무모하게도 1등인 홋카이도 여행을 노리는 것 같다. 욕심이 많은 보건교사다. 학교 일을 빼먹고 갈 생각일까.

"상품권 5천 엔…… 그만큼 있으면 괴수 소프트 비닐 인형을 7, 8개는 살 수 있을 겁니다. 이 폭장 키키가 반드시 차지할 겁니다."

이어서 키키가 그렇게 중얼거리는 소리가 들려왔다.

이쪽은 4등 상품권인가. 그걸 전부 소프트 비닐 인형에다 써버릴 생각일 줄이야…… 아무리 봐도 어린애가 생각할 일이다.

"최신 게임기…… 저것만 손에 들어오면 지금의 낡은 기종에는 볼 일이 없다. 이【마신】도철이 꼭 당첨되고 말겠다! 부탁한다 신! 온 복그언 쁘업기 게이임기 소와카……."

마지막으로 도철이 기원하는 목소리가 들려왔다.

이 녀석은 3등인 게임기가 갖고 싶은가보다.【마신】이 신한테 빌어서 어쩌자는 건데. 참고로 도철은 모자와 마스크로 간이 변장을 하고 왔다. 나랑 똑같이 생겼으니까.

'내가 노리는 건 2등 전동 자전거야. 우리 집에는 자전거가 없으니까. 만약 안 되더라도 아차상인 『게론쵸 군 스트랩』만은 피하고 싶어.'

게론쵸 군이랑 이 상점가의 마스코트인 개구리 캐릭터다. 하나도 안 귀엽기로 정평이 나 있다.

　생각해보면 작년, 나는 게론쵸 군 스트랩을 두 개나 뽑았다. 그런 악몽은 이제 질색이다. 노 모어 게론쵸.

　……하지만, 비극은 되풀이됐다.

　첫 번째 선수인 미온이 뽑은 것은 무정하게도 하얀 구슬. 즉, 끔찍한 게론쵸 군 스트랩을 의미한다.

　"이, 이럴 수가!"

　"아쉽게 됐구나 미온. 자, 게론쵸 군 스트랩."

　담당인 채소가게 아저씨한테 아차상을 받고서, 어깨가 축 늘어져서 자리를 비키는 미온. 이걸로 우리 집 게론쵸 군이 세 마리가 됐다.

　그 뒤로도 연패. 주리, 키키도 번번이 하얀 구슬을 뽑았다.

　"아아! 또 그놈이야?"

　"자, 주리. 게론쵸 군."

　"으악! 하얀 구슬입니다!"

　"자 키키. 게론쵸."

　그런데—— 도철 차례가 됐을 때, 기적이 일어났다.

　"부하들 원수는 내가 갚는다! 와라, 게임기! 으랴아아아!"

　"아, 녹색 구슬! 축하합니다! 2등 전동 자전거입니다!"

　이럴 수가, 도철이 내가 노렸던 전동 자전거를 뽑고 말았다!

　"자, 잘했어, 텟짱! 처음으로 널 다시 봤——"

"그딴 건 필요 없다! 난 자전거를 못 탄다고! 3등 게임기와 바꿔라!"

"야, 하지마! 안 바꿔줘도 돼요, 채소가게 아저씨!"

생떼 부리는 【마신】을 달래고, 나는 내 복권을 도철에게 맡기기로 했다.

아무래도 우리 중에서 도철이 제일 운이 좋은 것 같다. 그렇다면 이 녀석한테 한 번 더 맡겨보자. 아마 내가 해도 여섯 마리째 게론쵸 군만 나올 테니까.

"으아아아! 이번에야말로 와라, 게임기! 【마신】의 손에!"

날카로운 기합 소리와 함께, 도철이 뽑기 기계를 돌렸다. 그랬더니──

금색 구슬이 나왔다. 그걸 본 채소가게 아저씨가 흥분해서 종을 열심히 흔들어댔다.

"나왔습니다! 특별상입니다! 자네 운이 정말 좋은데!"

특별상이라고? 정말! 잘했어, 텟짱!

"특별상은 이 실물 크기 게론쵸 군 인형입니다! 2m나 돼!"

생각지도 못한 점보 게론쵸였다. 작년을 뛰어넘는 악몽이다.

필요 없어! 실물 크기가 뭔데! 실제로 존재하는 것도 아닌데!

……그렇게 해서 나는, 결과적으로 전동 자전거를 손에 넣었고.

짐칸에 게론쵸 군 임금님을 태우고 집으로 돌아갔다.

52 암기법

엘미라는 일본사를 잘 모른다.

성적은 좋지만, 외국인이다 보니 일본의 역사에 익숙하지 않기 때문이다. 그래서 쪽지시험 직전이 되면 종종 유키미야에게 공부를 부탁하고는 한다.

"정말 죄송해요, 시오리 씨. 이번에도 잘 부탁드리겠어요."

"알겠습니다. 그럼 시작해볼까요."

그날 점심시간에도 엘미라는 유키미야한테 울며불며 매달렸다. 오후 수업 때 예정된 일본사 쪽지시험에 대비해서.

우등생인 유키미야에게는 어려운 과목이란 존재하지 않는다. 나도 일본사에는 그럭저럭 자신이 있지만 『축명의 무녀』한테는 당할 수가 없다.

그렇게 해서 이번에는 나도 참가하기로 했다.

류가는 아오가사키 선배와 같이 학생식당에 갔기 때문에, 도시락을 싸 온 나와 따로 행동하게 된 탓도 있지만.

"역시 시오리 씨는 믿음직해요. 정숙하고, 기품이 있고, 게다가 남들을 잘 돌보기까지…… 저는 정말 훌륭한 동료를 됐어요."

"후후, 칭찬해도 아무것도 안 나와요. 이번 쪽지시험은 연표 채우기 문제였죠. 단순하지만 범위가 넓어서 어디가 나올지 예측할 수가 없네요."

"곤란하군요…… 이렇게 짧은 시간 동안에 얼마나 외줄 수 있을지."

탄식하는 엘미라에게, 유키미야가 가련하게 미소를 지어 보였다.

"연표 외우는 데는 따로 암기법이 있어요. 예를 들어서 894년의 견당사[*] 폐지는 『백지로 되돌리자 견당사』라고 외우는 게 일반적이에요."

하긴, 암기법은 연표 암기의 기본이다. 빠르게 외우는 데는 제일 좋겠지.

4649년에 일어나는 일이라면 『요로시쿠 ○○』라고 외우면 된다. 한참 미래지만. 내가 살아 있을 리가 없지만.

"그럼 엘미라 씨, 몇 가지 골라서 외워볼까요. 538년, 일본에 불교가 전래됐습니다. 이건 『참배, 백제의 불교』라고 기억하세요."

"그렇군요, 알기 쉽네요."

"672년, 진신의 난(일본사 최대의 내란). 이건 『제대로 된 사람이 못 됩니다. 진신의 난을 모르면』이라고 기억하고요."

꽤 신랄한 암기법이네. 진신의 난을 잘 몰랐던 나는 제대로 된 사람이 못 될지도 모르겠다.

"797년. 사카노우에 타무라마로가 정이 대장군이 됐습

---

*일본 나라, 헤이안 시대에 당나라 선진 문물을 받아들이기 위해 파견한 사신단.

니다. 이건『울지 마 타무라마로. 대장군 주제에. 꼴사납다』라고 기억해요."

마지막에「꼴사납다」부분, 필요한 걸까.

"1086년, 시라가와 상황의 원정 개시.『틀니 뽑아버린다 시라가와』라고 기억해요."

이것도 신랄하네. 유키미야의 이미지에 어울리지 않는 암기법이다.

"1404년, 감합무역*이 시작됐습니다.『좋~았어! 감합무역이다! 실컷 벌어보자! 이얏호!』라고 기억해요."

대체 무슨 텐션이야! 그거 누구 시선인데! 그나저나 역시 마지막 부분은 필요 없잖아! 특히『이얏호!』부분!

"1582년, 혼노지의 변**이 일어났어요.『딸기 팬티는 노부나가한테 과한 물건. 이 아케치 미츠히데가 갖겠다』라고 기억하세요."

무슨 이유로 반란을 일으킨 거야. 삼일천하로 끝난 것도 이해가 되네.

참고로 나도 혼노지의 변은『딸기 팬티』라고 기억하고 있다. 이런 말투는 아니었지만. 의문의 팬티 쟁탈전도 아니었지만.

---

*무로마치 시대, 일본과 명나라 사이에 감합부 (사신 내왕 확인 표찰)을 이용해서 이루어진 무역.

**교토 혼노지에서 오다 노부나가의 가신인 아케치 미츠히데가 반란을 일으켜서 노부나가를 죽게 한 사건.

"1841년은 텐포 개혁*이에요. 이건『징그러운 돼지구나, 미즈노. 그렇게 개혁을 하고 싶냐? 뭐라고 말 좀 해봐라』입니다."

뭔가 여왕님 같은 느낌인데. 미즈노 타다쿠니가 말로 매도당하고 있어.

"그리고『넌 정말 못됐구나, 응 미즈노?』예요."

아직 안 끝났어! 이건 그냥 미즈노 씨에 대한 매도잖아! 암기법이랑 관계없잖아!

"1938년, 국가 총동원법**이 제정됐습니다. 이건『전쟁이다! 조직 애들 총동원해! 두목님 원수를 갚자!』겠죠."

유키미야 양. 당신은 정숙하고 기품 있는 아가씨였죠? 학교의 아이돌이었죠? 뭔가 스트레스라도 쌓여 있나요?

걱정하는 내 옆에서 엘미라는 필사적으로 메모하고 있다.

"국가 총동원법은……『전쟁이다! 두령님 원수를 갚자!』였죠?"

"두목님이에요."

상관없어! 그딴 디테일은 상관없다고!

……그렇게 해서 시간이 다 됐고, 바로 쪽지시험이 시작됐다.

---

*사회 체제 재정비와 혼란 수습, 외세에 대한 경계태세 강화를 주요 과제로 삼은 개혁 정책. 국내에는 천보 개혁으로도 알려져 있다.

**중일전쟁을 벌인 일본이 한반도 등의 식민지에서 노동력과 물자를 수탈하고 전쟁에 동원하기 위한 법.

아쉽게도 유키미야가 가르쳐준 건 두 개밖에 안 나왔다. 텐포 개혁과 국가 총동원법뿐이었다.

'그러니까, 텐포 개혁이 몇 년이었더라?『넌 정말 못됐구나, 응 미즈노?』였는데…… 안 되겠다! 여왕님 매도밖에 생각이 안 나!'

내 대각선 뒤쪽에 있는 엘미라도 머리를 쥐어뜯고 있었다.

"분명히 국가 총동원법이『두령님 원수를 갚자』…… 응? 두목님이었나?"

이렇게 해서 나와 엘미라의 쪽지시험은 비참한 결과로 끝나고 말았다.

유키미야가 의외로 가학적이라는 걸 알게 됐을 뿐이다.

53 노사

난 지금 류가네 집에 놀러와 있다.

일요일이니까 놀러 오라고 했고, 딱히 예정도 없어서 가기로 했다.

사실 다른 예정이 있었다고 해도 이쪽 일을 우선했겠지. 왜냐하면 나는 주인공의 친구 캐릭터니까.

……하지만, 오늘의 류가는 평소보다 텐션이 약간 낮았다.

항상 하던 코스프레 의상도 입지 않고 평범한 사복 차림이다. 평범하다고 해도 니트 상의에 체크 무늬 치마를 입은 걸리쉬한 사양이지만.

"웬일이야 류가. 왜 그렇게 칙칙한 얼굴인데?

"아, 응…… 그게 말이야."

말이 끝나자마자 한숨을 쉬고 나한테 편지를 한 통 내미는 류가. 나한테 줬다는 건 읽어도 된다는 건가.

"응? 이거 국제 우편인가? 중국에서 왔는데, 부모님이 보낸 거야?"

류가네 부모님은 중국에 계시고, 계속 【마신】에 대해 조사하고 있다. 원래 도철을 비롯한 사흉은 대륙에 거점을 두고 날뛰었기 때문에, 그쪽에 문헌들이 많이 남아 있다고 한다.

지금에 와서는 【마신】들 본인한테 여러모로 물어보는 게

빠를 것도 같지만…… 【황룡】이나 사신에 대한 것들 등등, 그밖에도 조사할 일들이 있다는 것 같다.

"그러고 보니까, 류가 너도 고등학교에 들어오기 전까지는 중국 비경에 있었지? 거기서 수행했다고."

"응. 그래서, 그 편지 말인데…… 내 사부님한테서 온 거야."

"사, 사부님?"

"진 노사라고 하거든. 벌써 130살이 넘었는데, 무예 전반에 능통한 대단한 분이야. 소위 말하는 선인이라고 하는 존재려나?"

진 노사. 류가한테 그런 사부 캐릭터가 있었을 줄이야.

하긴, 배틀 물에서 「주인공의 사부」라는 존재는 정석이라고 할 수 있다. 무적으로 보이는 히노모리 류가한테도 단 한 사람 당해낼 수 없는 상대가 있다── 아마도 이 진 노사가 그런 사람이다.

'어디까지나 내가 생각하는 이미지지만, 틀림없이 칠복신의 『수노인』같은 비주얼일 거야. 머리카락이 길고, 키가 작고, 수염은 가슴까지 내려오고, 이상한 지팡이를 든 노인.'

류가의 강함도 전부 진 노사의 지도 덕분이라는 건가. 그렇다면 언젠가 류가가 배틀에서 졌을 때, 이 사람을 찾아가서 다시 단련 받는 에피소드가 나올지도 모른다.

그리고 진 노사가 이렇게 말한다. '허허허, 이번에는 지지 마라 류가'라고.'

류가도 말한다. '이런이런…… 사부님 앞에만 서면 저도 아직 햇병아리네요'라고.

'정말 위대한 사람이야. 고마워요, 진 노사! 멋대로 웃음소리 상상해서 죄송해요!'

갑자기 그 진 노사에 대한 관심이 생긴 나는, 바로 편지를 읽어봤다. 그랬더니.

『하~이 류가 짱! 잘 지내? 나님은 여전히 힘이 팔팔 넘치거든!』

······환각이려나. 엄청나게 머리가 나쁜 사람이 쓴 것 같은 글이 내 망막에 뛰어 들어왔다.

『가끔 나님 좀 보러 와~. 나, 류가 가슴이 그립거든~.』

생각했던 거랑 달라. 이런 건 진 노사가 아냐. 너 누구야! 노사님을 어디다 숨겼어!

『생각이 나네. 류가 엉덩이를 만지려다가 실컷 얻어맞은 적도 있었지. 나님, 그때 죽는 줄 알았어.』

제자한테 실컷 얻어맞았다. 류가, 이미 노사를 뛰어넘었잖아.

『아, 언제였더라, 목욕하는 거 엿보려고 해서 미안! 나님 반성해!』

그놈의 나님 좀 그만해! 제발 좀!

큰일 났다. 이 녀석은 이야기에 등장시키면 안 될 것 같다. 민원이 엄청나게 들어올 것 같아.

'아냐, 잠깐만. 사부 캐릭터 중에는 평소에는 이렇게 가볍지만 중요할 때는 딱 진지해지는 타입도 있어. 진 노사

도 그런 사람이 아닐까? 무천도사 같은?'

그런 일말의 희망을 붙잡고 편지를 계속 읽어봤는데.

『류가, 그쪽에서는 잘 지내고 있니? 여자라는 거 안 들켰어? 류가는 정말 엉큼한 보디니까~ 후히히히. 그럼 답장 기다릴겡! 챠오!』

끝나고 말았다. 끝까지 성희롱만 하면서. 웃음소리도 「허허허」가 아니라 「후히히히」였다.

류가가 씁쓸한 표정을 짓고 있는 이유를 알았다. 일본으로 돌아올 때 동생 쿄카도 같이 데리고 온 이유도 알았다. 이 영감은—— 위험하다.

"정말이지, 변한 게 없어서 큰일이라니까. 하지만 진 노사가 강한 건 사실이야. 엉큼한 짓만 하는 것도, 내 투쟁심을 끌어내려고 그런 게 아닐까."

그럴까. 나한테는 그냥 강제 외설죄로 보일 뿐인데.

"아, 맞다. 진 노사 사진 있는데, 볼래?"

그렇게 말하고, 류가가 휴대전화 화면을 나한테 보여줬다.

거기에는—— 숨이 막힐 정도로 섹시한, 묘령의 여성이 있었다. 새카만 롱 스트레이트 헤어에, 차이나드레스를 입은, 글래머러스한 미녀가.

"어…… 이게 진 노사?"

"맞아. 젊어 보이지?"

그런 차원이 아닌데. 아무리 봐도 20대 후반 누나라고. 선인은 대단하구나.

"이 사람이 130살이라고?"

"응. 나이 얘기하면 화내지만. 내 코스프레 취미도, 사부님한테 영향받은 거야."

진 노사. 당신 캐릭터 설정이 너무 이상해.

도저히 처리할 수가 없잖아.

54 나에 대한 호칭

내 이름은 코바야시 이치로라고 한다.

친구 캐릭터에 어울리는 평범한 이름인데, 사람마다 제각기 다르게 부르기도 한다.

어느 날 수업이 끝나고. 교실의 쓰레기봉투를 들고 학교 건물 옆에 있는 쓰레기 버리는 곳으로 가는데.

"아, 코바야시 씨. 오늘은 청소 당번이었군요."

복도에서 유키미야와 마주쳤다. 오늘은 부모님이 외국에서 돌아오시는 날이라, 지금부터 서둘러 집에 가야 한다는 것 같다.

……유키미야는 날 「코바야시 씨」라고 부른다.

아가씨에 우등생인 유키미야답게 정중한 호칭이다. 같은 학년이니까 좀 더 편하게 불러도 되는데.

"그럼 코바야시 씨, 내일 봐요."

짧은 대화를 나눈 뒤에 유키미야와 헤어지고 계단 앞에 도착했을 때.

"여, 코바야시. 오늘은 청소 당번이었나."

이번에는 아오가사키 선배와 마주쳤다. 오늘은 학교 검도장이 비어 있어서 거기서 연습한다는 것 같다.

……아오가사키 선배는 날 「코바야시」라고 부른다.

상급생답게, 심플하고 편하게 부른다. 약간 운동부 같은 그녀의 캐릭터와 잘 어울린다.

"그럼 코바야시, 숙제는 꼭 해라."

그렇게 못을 박은 아오가사키 선배와 헤어져서 1층에 내려갔을 때.

"어머나 코바야시 이치로. 오늘은 청소 당번인가요?"

이번에는 엘미라와 마주쳤다. 오늘은 가끔 얼굴을 비치는 문학부에 간다는 것 같다.

……엘미라는 날 「코바야시 이치로」라고 부른다.

어째서 풀 네임으로 부르는지는 모르겠다. 하지만 자꾸만 이렇게 풀 네임으로 부르게 되는 사람이 있기도 하니까. 나한테 「마 쿠베」가 그런 것처럼.

"그럼 실례하겠어요, 코바야시 이치로. 동아리방에서 동호인이 기다리고 있어서."

소설 집필이 취미인 엘미라와 헤어져서 쓰레기 버리는 곳으로 가기 위해 학교 건물에서 나왔을 때.

"아, 잇군! 오늘은 청소 당번이구나!"

이번에는 쿠로가메와 마주쳤다. 같은 반 친구들과 같이 하교하는 중인 것 같다.

……쿠로가메는 날 「잇군」이라고 부른다.

제일 별명 같은 호칭이다. 처음 제대로 대화한 시점부터, 그녀는 날 그렇게 부르고 있다. 붙임성 좋은 쿠로가메답다.

"그럼 잇군! 쓰레기 잘 버리고 와!"

떠나가는 쿠로가메를 지켜보고, 쓰레기를 버리는 곳에 내려놓은 뒤에. 나는 교실로 돌아가기 전에 보건실에 들르기로 했다.

"어서 오세요, 이치로 님. 마침 미온과 키키가 와 있습니다."

그랬더니 거기에는 보건교사 주리와 『나락의 삼공주』 나머지 두 명까지 와 있었다. 우리 집 군식구들이 전부 모여 있다.

"이치로 군, 땡땡이 안 치고 열심히 공부했어?"

"이치로 남작, 입가에 침 자국이 이쭙니다. 아까까지 잤다는 틀림없는 증거임니다."

……주리는 날 「이치로 님」, 미온은 「이치로 군」, 키키는 「이치로 남작」이라고 부른다.

특필할 점은 마지막에 그거겠지. 물론 난 귀족이 아니다. 경칭으로 남작을 쓰는 건, 바가지머리 꼬마의 개인적인 취향이다.

"저는 오늘 직원회의가 있어서 조금 늦게 돌아갈 것 같습니다."

"자, 키키. 집에 가자. 저녁밥 준비해야지."

"이치로 남작, 이따 보게쭙니다!"

성실한 장녀와 그냥 놀러 온 것 같은 둘째 & 셋째와 헤어져서 보건실을 나왔을 때.

'나리, 오늘도 일찍 집에 가시지요. 게임을 계속하고 싶어서 말이죠.'

'도령, 빨리 교실에 가서 가방 챙겨 와라.'

내 머릿속에서 【마신】 둘의 목소리가 울렸다. 굳이 말할 필요도 없는 도철과 혼돈이다.

……도철은 날 「나리」, 혼돈은 「도령」이라고 부른다.

그 두 가지는 어떤 의미에서는 상반된 존재라고 생각된다. 【마신】의 감성은 이해하기가 힘들다.

참고로 다른 【마신】인 궁기와 도올은 각각 나를 「코바야시 소년」, 「이치로 씨」이라고 부른다. 그리고 시마라는 사도는 날 「코바이치」라고 부르고.

'혹시 다들…… 일부러 겹치지 않게 부르고 있는 걸까? 그렇게 되면 새 캐릭터들은 점점 더 힘들어지는데?'

이대로 가면 「코바스케」나 「이치로자에몬토키사다」나 「이치몬드백」 같은 게 될지도 모른다. 그렇게 부르면 돌아볼 자신이 없다.

호칭을 굳이 특이하게 할 필요는 없는데…… 그렇게 생각하면서 교실로 들어왔더니.

"이치로! 사도 기척이야! 잠깐 갔다 올게!"

날 기다리던 류가가, 나랑 교대하는 것처럼 뛰쳐나갔다. 그대로 엄청난 기세로 복도를 달려갔다.

사도가 나타났다…… 즉, 주인공으로서 할 일이 생겼다는 뜻이다.

"그래, 힘내 류가! 역시 그 『이치로』라는 호칭이 제일 마음에 든다!"

──나는 친구 캐릭터 코바야시 이치로. 일상 파트 전문
조역.

　　이상하게 신경 쓰지 않고, 평범하게 불러주는 게 제일
좋다.

of course

Is it tough being "a friend"?

YUJIN CHARA WA TAIHEN DESUKA? OF COURSE
by Yasushi DATE
©2016 Yasushi DATE Illustrated by BENIO
All rights reserved.
Original Japanese edition published by SHOGAKUKAN.
Korean translation rights in Korea arranged with SHOGAKUKAN
through Shinwon Agency Co.

친구 캐릭터는 어렵습니까? of course

2020년 1월 8일 1판 1쇄 인쇄
2020년 1월 15일 1판 1쇄 발행

저   자 다테 야스시
일 러 스 트 베니오
옮 긴 이 김정규
발 행 인 유재옥
본 부 장 조병권
담당편집자 조찬희
편 집 1 팀 김민지 이성호 정영길 조찬희
편 집 2 팀 김다솜 지미현
편 집 3 팀 김효연 박상섭 임미나
라이츠담당 김슬비 박선희
디 지 털 박지혜
발 행 처 ㈜소미미디어
인쇄제작처 코리아피엔피
등   록 제2015-000008호
주   소 서울시 마포구 토정로222, 403호 (신수동, 한국출판콘텐츠센터)
판   매 ㈜소미미디어
마 케 팅 한민지 한주원
전   화 편집부 (070)4164-3962, 3963 기획실 (02)567-3388
              판매 및 마케팅 (070)4165-6888, Fax (02)322-7665

ISBN 979-11-6507-250-6 04830
ISBN 979-11-6190-091-9 (세트)